어른은 빼고 갈게요!

어른은 빼고 갈게요!

10대끼리 떠난
파란만장 자발적 여행기

아름다운재단 기획
고우정 글
이면지 그림

오유아이 Oui

나에게 맞는 여행 체크 리스트

나는 어떤 여행에 잘 맞을까?
질문을 읽고 예 ➡ / 아니요 ➡ 를 선택해 화살표를 따라가 보자.

출발

노는 계획도
꼼꼼하게
짜야 한다.

풍경보다 인생샷!

놀이공원은
개장부터 폐장까지
놀아 줘야 제맛!

관광 명소는
반드시
가야 한다.

일정이 어그러지면
짜증이 난다.

사람들이 북적이는
곳이 좋다.

낯선 음식에
도전할 수 있다.

아무 데서나
먹을 수는 없다.
맛집 검색은
필수!

SNS에
기록을 남겨야
하루가 보람차다.

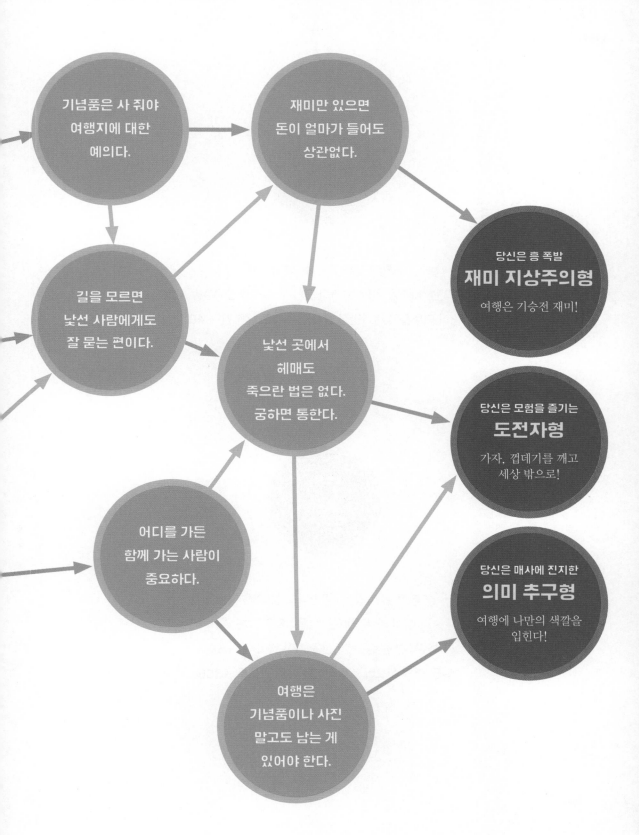

차례

재미
여행은
기승전 재미!

도전
가자, 껍데기를 깨고
세상 밖으로!

의미

여행에 나만의 색깔을
입힌다!

재미 1 **길 위에서 음악 찾기**

노래가 열어 준
길을 따라

버스킹을 주제로 한 '길 위에서 음악 찾기' 여정은,
기-승-전-여름을 달리며 네 편의 여행 뮤직비디오를
낳았다. 모든 날이 좋을 순 없었다.
비가 내려 아쉽고, 지갑을 잃어 당황하고,
마음이 어긋나 삐걱거리는 순간들이 툭툭 치받쳤지만,
그럼에도 그 모든 것을 만회할 만큼 아름다운 시간을
좋은 친구들과 함께했다. 그런 기억이 또 다른 노래를
길잡이 삼아 다음 여행을 떠나게끔 부추겼다.
'매일 행복할 순 없지만, 행복한 일은 매일 있다.'라는
곰돌이 푸의 명언은 길 위에서도 통했다.

'열일곱인생학교'에서 만난 친구들 여섯 명이 모였다. 열일곱인생학교는 고등학교 진학을 앞두고 1년 동안 정규 교육 과정을 벗어나 자신의 삶과 꿈을 탐색해 보는 단기 대안 학교이다. 스스로 선택한 '10대의 안식년'을 알차게 보내기 위해 아이들은 혼자서 또는 협업을 통해 다양한 프로젝트를 해 나가는데, 자발적 여행도 그 흥미로운 모의 중 하나로 시작됐다.

네 도시를 아우른 버스킹 여행

여행 주제를 정하기 위한 기획 회의에선 수많은 아이디어가 튀어나왔다 스러지길 반복했다. 그러다 모두의 마음을 단박에 사로잡은 아이템이 있었으니, 바로 음악이었다. 악기 하나씩을 배워 학교에서 밴드 활동을 하는 열일곱인생학교 아이들에게, 노래와 연주는 익숙한 주제였다. "여행지에 어울리는 노래로 버스킹을 할까?", "버스킹하는 모습을 찍어 뮤직비디오를 만드는 건 어때?" 멤버들 모두가 좋아했던 '음악'이란 코드는 버스킹과 뮤직비디오로 발전했고, '여수 밤바다' 노래가 이끌어 낸 여수처럼 쉽게 떠올릴 수 없던 낯선 도시들을 불러냈다.

6월의 고성, 7월의 여수, 8월의 영월, 9월의 부산. 노래가 낸 길을 따라 초여름부터 늦여름까지, 모두 네 번에 걸쳐 '길 위에서 음악 찾기' 여행을 떠났다. 여름의 기승전결과 함께 더 깊고 푸르러진 숲과 바다와 하늘빛처럼, 여행을 떠날 때마다 멤버 구성도 조금씩 달라졌다. 6월에 함께한 친구가 7월에 한국을 떠나고, 6~7월을 함께한 친구가 8월에 학교를 그만두는 등 팀원들의 신상에 변화가 잦았기 때문이다.

결국 마지막 부산 여행엔 고정 멤버라 할 세 친구(유리, 보경, 준영)만 남았다. 사위어 드는 여름 볕에 의문을 품지 않듯, 아이들은

친구의 빈자리를 담담히 받아들였다. 언제든 꺼내 볼 수 있는 추억
과 노래가 남았으므로.

연습은 벼락치기, 연주는 누구나

부산(2박 3일)을 제외하곤 세 곳 모두 1박 2일인 데다, 여수와 부
산은 대중교통을 이용한 여행이어서 시간이 넉넉하지 않았다. 아
닌 게 아니라 무궁화호 열차를 타고 간 여수와 부산 여행은 기차에
서만 반나절을 다 보내야 했다. 사실 렌터카를 이용한 고성과 영월
여행도 사정은 크게 다르지 않았다. 그래서 버스킹과 뮤직비디오
촬영이란 과제를 중심에 놓고, 나머지 시간은 자유롭게 쉴 수 있도
록 일정을 단순화했다.

여행 준비 중 노래와 연주 연습은 빼놓을 수 없는 부분이었지만,
인생의 모든 숙제가 그렇듯 '벼락치기'를 피할 수는 없었다. 멤버
들은 승합차에서, 혹은 열차 카페에서 노래와 연주를 맞춰 보았
다. 간단한 멜로디언 연주는 숙소에서 배워 다음 날 바로 버스킹에
투입되기도 했다. 보컬(유리, 정민), 기타(헌석, 정민), 멜로디언(보경,
하안), 영상 촬영(준영)으로 파트를 나눴지만, 상황에 따라 촬영 감
독이 멜로디언을 연주하기도 하고, 멜로디언 연주자가 카메라를
들기도 했다.

보랏빛 꽃에 홀리다

강화도를 가려다 고성으로 행로를 바꾼 건 오로지 라벤더 때문이었다. 6월에 가 볼 만한 여행지 추천 리스트에서 강원도 고성의 라벤더 농장 사진을 본 유리가, 6월 한 달 동안만 볼 수 있다는 보랏빛 꽃밭에 홀린 까닭이다.

목적지를 바꾸면서까지 큰 기대를 걸었던 첫 여행엔 출발부터 먹구름이 잔뜩 꼈다. 여름 여행의 최대 변수인 장마와 동행하게 된 것. 점점 거세지는 빗줄기를 뚫고 라벤더 농장에 도착했으나 급기야 천둥 번개까지 치는 바람에 모든 일정을 접고 숙소로 발길을 돌려야 했다. 불운은 숙소에서도 계속됐다. 야심 차게 숯불 바비큐를 시도했는데 불 조절에 실패하면서, 웬만해서는 맛없기 힘든 삼겹살을 참 맛없게도 구워 냈다.

"고기부터 잘못 샀던 것 같아요. 바비큐용으로 도톰하게 썬 생고기가 아니라 얇은 냉동 삼겹살이었거든요. 타서 쓴맛이 나고 딱딱해진 삼겹살을 씹으며 '아, 저 맛없는 걸 어떻게 다 먹지?' 걱정이 되더라고요. 그래도 펜션 주인아저씨가 물을 뿌려 불 조절하는 법을 알려 주신 덕분에 남은 고기는 그나마 제대로 구워 먹었어요."_한유리

"버스킹하는 모습을 찍어 뮤비에 넣겠다는 계획이었는데, 여기서 문제는 주변에 사람이 아무도 없었다는 거예요. 바닷가엔 오직 우리만 있어, 거리 공연이라 할 수 있는 상황이 아니었어요. 하지만 그 덕분에 친구들도 주변에 신경 쓰지 않고 편하게 연주하고 노래할 수 있었어요. 촬영하는 저도 부담이 없었고요."_배준영

저녁을 먹고 나니 비가 좀 잦아들어 숙소에서 가까운 초도해변을 산책했다. 시원한 바람과 잔잔한 파도 소리, 맨발에 닿는 고운 모래의 감촉. 밤바다의 다정한 위로에 왠지 비를 몰고 다니다 여행이 끝날 것 같은 불안도, 실패한 바비큐 파티에의 아쉬움도 씻어 낼 수 있었다.

초여름 바닷가의 '선물' 같은 노래

이튿날은 다행히 비가 그쳐 일찌감치 화진포 해수욕장으로 향했다. 깨끗한 백사장, 초록빛과 파란빛이 뒤섞인 투명한 바다는 첫 여행의 설렘

을 담아내고자 했던 뮤직비디오에 잘 어울렸다. 6월의 노래는 옥상달빛의 '선물할게'. 헌석이의 기타, 하안이의 멜로디언 연주에 유리의 부드러운 보컬이 어우러졌다. 촬영 감독은 준영. 보경이는 그 옆에서 스틸 사진을 찍었다.

1박 2일의 짧은 여행은 아이들을 고성으로 이끌었던 보랏빛 꽃 대궐에서 마침표를 찍었다. 첫날 비 때문에 돌아섰던 라벤더 농장은 때 이른 해수욕장과 달리 관광객으로 북적였다. 라벤더를 보러 온 사람들에게 민폐를 끼칠 것 같아 버스킹은 포기하고, 뮤직비디오에 넣을 사진과 영상 촬영에만 집중했다. 이제 막 친해지기 시작한 친구와 헤어지듯 아쉬운 여정이었지만, 초여름 바닷가에서 친구들과 부른 노래는 선물 같은 추억으로 남았다.

라벤더 농장

6월의 노래 선곡 포인트

선물할게

옥상달빛 곡

"듣고 있으면 금세 행복해지는 노래예요. 노래가 좋은 선물이 될 수 있겠구나 하는 생각이 절로 드는. '내가 노래를 들려줄게, 내가 휘파람 불어 줄게' 이렇게 시작되는데, 가사가 되게 예뻐요. '맑은 너의 눈 보며 맨발의 널 보며 내 마음도 깨끗해져요'라는 부분에선 바닷가에서 해맑게 놀던 친구들 모습을 생각하며 불렀어요." _한유리

여수 밤바다는 빗속으로!

여수엑스포역에 내리자 바다 냄새가 훅 끼쳐 왔다. 과연 '여수 밤
바다'로 각인된 도시답다고 생각했지만, 7월의 노래는 이미 그 곡
이 아니었다. '여수 밤바다'는 여수행을 이끌어 낸 결정적 동기였
으나, 노래를 바꿀 수밖에 없는 몇 가지 이유가 있었다.

첫째, 촬영 감독 준영이가 제기한 장비와 기술 문제. 고성에서
경험한 바에 따르면, 휴대폰 카메라로는 밤바다를 담아내기 힘들
었다. 둘째, 보컬을 맡은 정민이의 컨디션이 좋지 않았다. 가뜩이
나 부르기 어려운 곡을 목이 안 좋은 상태에서 부를 수는 없는 노
릇이었다. 셋째, 고성 여행 때부터 시작된 장마 전선을 감안하여
'비'가 들어간 노래를 부르자는 의견이 나왔다. 그래서 고른 곡이
'빗속으로'. 이 곡 역시 '여수 밤바다'를 부른 장범준의 노래이다.

역에서 가까운 게스트하우스에 짐을 풀고 저녁을 먹으러 나갔
다. 메뉴는 해물탕. 홍합, 오징어, 조개류처럼 흔하게 볼 수 있는
해산물부터 여수에서 많이 난다는 돌게, 소라, 낙지, 문어까지 남
도 바다를 통째로 올린 밥상이었다. 싱싱한 바다
에너지를 한껏 섭취한 뒤, 게스트하우스 옥상에
올라가 '빅오(BIG-O)쇼'를 구경했다. 여수세계박
람회장에서 가장 유명한 볼거리로 통하는 빅오쇼
는 워터 스크린과 분수, 화염, 레이저, 안개 등을
활용해 바다 위에서 펼치는 멀티미디어 쇼이다.
입장권을 사서 들어가 가까이에서 구경하면 더
좋았겠지만, 숙소가 박람회장 근처라 숙소 옥상

여수엑스포 빅오쇼

에서도 볼 만했다. 여행 경비를 아끼느라 KTX도 안 타고 무궁화호 열차로 네 시간 반을 달려왔는데, 조금 떨어진 곳에서 볼 수 있는 쇼를 돈 주고 본다는 건 어쩐지 아깝게 느껴졌다.

빅오쇼를 보고 나서 밤 바닷가를 거닐까 했으나 결국 노래방으로 직행했다. 다음 날 버스킹을 하려면 연습을 해야 한다는 게 이유였다. 하지만 버스킹 곡은 딱 한 번 불렀을 뿐, 각자 돌아가며 부르고 싶은 노래를 불렀다. 기타만 잘 치는 줄 알았던 헌석이는 멋진 랩 실력을 공개했고, 보경이는 평소 목소리와 전혀 다른 허스키한 음색으로 분위기 있는 노래를 들려줬다. 여수 노래방에서 발견한 친구들의 반전 매력처럼, 낯선 길 위에선 그런 일들이 흔히 일어난다. 익숙했던 얼굴이 달라 보인다든가, 처음 보는 풍경 앞에서 낯익은 감정이 솟아 올라온다든가.

세 번의 버스킹, 빗나간 호우주의보

다음 날 오전에는 해안가를 달리는 레일바이크 위에서 버스킹 영상을 찍었다. 보경, 정민, 준영이 한 조를 이루고, 유리와 헌석이가 또 다른 조를 이루어 탔다.

레일바이크 옆 만성리 검은모래해변은 노래 '여수 밤바다'를 탄생시킨 해변으로 알려진 만큼, 장범준의 노래로 버스킹을 준비한 아이들에겐 필수 코스였다. 바다를 뒤로 하고 해변에 앉아 보경이는 기타를, 정민이는 멜로디언을 꺼내 들었다. 따로 준비한 악기가 없는 유리는 빈 페트병에 모래와 자갈을 담아 마라카스인 양 흔들었다. 여수 앞바다의 모래와 자갈은 라틴 아메리카풍 타악기의 재료로 손색이 없었다. 하지만 바

"레일바이크 위에서 기타를 치며 노래도 해야 해서 꽤나 긴장했지만, 옆 철로에서 달리는 사람들이 박수도 쳐 주고 호응해 준 덕분에 기분이 엄청 좋았어요. 바다 풍경이 점점 눈에 들어오고, 시원한 바람도 느껴지더라고요." _이정민

만성리 검은모래해변에서

닷가 공연은 레일바이크에서와 같은 호응을 이끌어 내지 못했다. 조금 뻘쭘하기도 해서 촬영을 일찍 접고 역으로 향했다.

차 시간이 남아 관광버스를 타고 시내 투어를 할까도 했으나 쉬고 싶다는 의견이 많아 역 근처 엑스포공원에서 각자 자유 시간을 가졌다. 느긋하게 산책을 즐기는 아이들이 있었는가 하면, 벤치에서 평온하게 낮잠을 자는 아이들도 있었다. 볼거리와 즐길 거리로 꽉 채우지 않아도 낯선 곳에 머무르는 것 자체로 풍요로울 수 있다는 여행의 묘미를 경험한 시간이었다.

다시 집으로 돌아오는 네 시간 반의 기차 여행에서도 아이들은 열차 카페에 모여 버스킹과 영상 촬영을 이어 갔다. 차창 너머 흘러가는 풍경을 배경으로 하는 기차 공연은, 레일바이크와 바닷가 버스킹 장면에도 잘 어울릴 것 같았다. 열차 카페에서도 바닷가 공연과 마찬가지로 관객의 호응이 없어 조금 서운하긴 했지만, 연주, 노래, 촬영 모두 매끄럽게 진행됐다.

여수에서 계획대로 되지 않은 것은 딱 하나, 빗나간 호우주의보뿐! 노래는 빗속으로 점점 젖어 들어가는데, 여수를 떠날 때까지 비는 한 줄기도 내리지 않았다.

7월의 노래 선곡 포인트

빗속으로
장범준 곡

"장마철이라 비 오는 배경으로 뮤직비디오를 찍게 될 테니, 기왕이면 가사에 비가 들어가는 노래를 부르자고 해서 고른 곡이에요. '빗속으로 빗속으로 사랑은 점점 더 빗속으로'라는 가사가 반복되거든요. 비가 왔으면 딱 좋았을 텐데, 안 와서 좀 아쉬웠어요." _배준영

버스킹보다 물놀이

전날까지 퍼붓던 비가 그치고 모처럼 하늘도 맑게 갠 덕분에 출발부터 산뜻했다. 승용차를 타고 여행을 갈 때 좋은 점은 무엇보다 차 안에서 자유로이 노래를 부를 수 있다는 것. 영월로 가는 내내 유리는 노래 연습에 여념이 없었다.

뮤직비디오 영월 편의 첫 로케이션 장소는 법흥계곡. 6월과 7월에는 바다 쪽으로 갔으니 산골짜기로 드는 기분이 색달랐다. "바람이 불어오는 곳, 그곳으로 가네~ 그대의 머릿결 같은 나무 아래로~." 그토록 열심히 연습했던 유리의 노래는 세찬 계곡 물소리에 파묻혀 버렸지만, 노랫말은 계곡 풍경에 퍽 어울렸다.

> "8월의 노래는 김광석의 '바람이 불어오는 곳'인데, 가사를 외우기가 진짜 힘들었어요. 반복되는 멜로디 속에 가사가 4절까지 있거든요. 영월에 도착할 때까지 계속 노래만 불렀어요."_한유리

노래와 촬영을 마치고 나자 누군가 "갈아입을 옷 있어?"라고 외쳤고, 이 말을 신호탄으로 인정사정 볼 것 없는 물놀이 한바탕이 벌어졌다. 순식간에 모두 물에 빠진 생쥐 꼴이 됐다. 물을 흠뻑 뒤집어쓴 채 함께 깔깔거리며 웃는 모습이 뮤직비디오에도 고스란히 담겼다. 킹스맨처럼 우산을 펼쳐 물 폭탄을 방어한 준영이가 물놀이의 추억을 영상으로 기록했다.

노을이 질 무렵, 평창강 끝머리에 자리 잡은 선암마을을 찾았다. 구불구불 흐르는 평창강이 마을을 휘감아 도는데, 이런 물돌이 지형 중 가장 아름다운 풍경을 만날 수 있는 곳이라고 한다. 바로 마을 뒷산에서 조망할 수 있는 '선암마을 한반도 지형'. 한반도 지형의 유명세는 마을이 속해 있던 면 이름까지 바꿨다. 원래는 영월군 서면이었으나 '한반도면'으로 바뀌었다는 것. 30분 남짓 마을 뒷산

선암마을 한반도 지형

"나뭇잎 사이로 빛나는 하늘, 적당히 눈부신 햇살……. 전망
대로 이어지는 숲길부터 좋았어요. 노을이 예쁘게 물들고
있을 때 만난 한반도 지형은 정말 아름다웠어요. 제가 본 풍
경 중 가장 평화롭고 따뜻한 장면이 아닐까 싶어요. 저도 모
르게 미소가 지어지더라고요." _이정민

을 올라 만난 풍경은 감탄을 자아내기에 충분했다.

한반도 모양의 땅을 배경으로 사진을 찍을 수 있는 전망대엔 관광객이 끊이지 않았다. 전망대에서 버스킹 영상을 찍고 싶었지만 포토존을 독차지해선 안 될 것 같아 머뭇거리던 차에 아이들의 상황을 눈치챈 어른들이 자리를 비켜 줬다.

바람이 불어오는 곳, 한여름의 영월

둘째 날, 단종의 유배지인 청령포를 가려고 나섰으나 나루터에서 발길을 돌릴 수밖에 없었다. 그저께까지 내린 비에 강물이 불어 나룻배를 운항할 수 없다는 것이다. 배를 타면 1분 안에 닿을 코앞의 작은 섬을 두고 돌아서려니 무척 아쉬웠다. 붕 떠 버린 시간을 어떻게 보낼까 고민하다가 인근 수변공원에서 자전거를 타고 놀기로 했다. 유리와 보경이가 자전거를 타다가 넘어지고, 준영이의 삼각대가 부러지는 등 몇 가지 사고가 겹쳤지만 툭툭 털고 일어나 버스킹과 뮤직비디오 촬영을 이어 갔다. 산으로 빙 둘러싸인 영월에는 한여름에도 이따금 시원한 바람이 불었고, 바람이 불어오는 모든 곳이 무대가 됐다.

> **8월의 노래 선곡 포인트**
> # 바람이 불어오는 곳
> 김광석 곡
>
> "우리들의 바람이 담긴 노래랄까요? 앞선 두 번의 여행에서 가장 힘들었던 게 더위라, 좀 시원한 노래를 부르고 싶었어요. 노래를 잘 골라선지 6, 7월 여행보다 8월 여행이 쾌적하긴 했어요. 여름엔 오히려 바다보다 산과 계곡이 더 시원한 거 같아요. 나무 그늘 아래 앉아 있으면 노래처럼 정말 시원한 바람이 불곤 했어요." _배준영

부산의 맛은 신선한 생선회

수원역에서 무궁화호 열차를 타고 꼬박 다섯 시간을 달려 부산에 도착했다. 초가을이라기보다는 늦여름의 기세가 남아 있는 9월 하순, 남쪽 도시 부산은 후덥지근했다. 남포동에 위치한 게스트하우스에 짐을 풀고 근처의 유명한 횟집을 검색해 보았다.

"부산은 다른 곳과 달리 2박 3일 여정으로 떠났지만, 자금 사정은 가장 좋았어요. 지난 세 번의 여행 경험으로 돈 아끼는 법을 배웠던 터라, 부산 역시 무궁화호와 게스트하우스를 예약했거든요. 인원은 줄고, 경비는 넉넉하고. 그래서 첫날 저녁부터 모두가 좋아하는 회를 먹을 수 있었어요. 네 번의 여행을 통틀어 가장 호화로운 만찬이었죠. 자갈치시장 근처 음식점이라 회도 신선하고 밑반찬도 다 맛있었어요. 그런데 회보다 더 인상적인 건 준영이의 리액션이었죠. 회 한 점 먹을 때마다 '음~ 와~ 그래, 이 맛이지!'를 연발하는데, 준영이가 그렇게 행복해하는 모습은 처음 본 거 같아요." _한유리

여행 첫날은 저녁만 먹고 잠들었기에, 본격적인 부산 여행은 둘째 날부터 시작됐다. 영화 〈변호인〉의 촬영지로 유명한 흰여울문화마을, 부산 시티 투어에서 빼놓을 수 없는 코스인 국제시장과 깡통시장, 버스킹 촬영지로 점찍어 둔 송정해수욕장까지, 가 보고 싶은 곳과 가야 할 곳이 여느 때보다 많아 일정이 빽빽했다. 그러나 발이 아픈 준영이가 병원에 가는 바람에 흰여울문화마을은 포기해야 했다.

"여행 떠나기 전날 밤에 짐을 싸느라 왔다 갔다 하다가 새끼 발가락을 방문에 세게 찧었어요. 심각한 부상은 아니라 생각했는데, 통증이 점점 심해지더라고요. 참다 참다 너무 아파서 숙소 근처에 있는 정형외과를 찾아가 검사를 받았어요. 골절은 아니고 근육이 놀란 거라는데, 반깁스하기도 애매하니 그냥 잘 쉬라고만 하더라고요." _배준영

길 위에서 깡통과자 찾기?

의사 선생님의 처방을 받고 나서도 준영이의 발은 쉬지 못했다. 엄마가 꼭 사 먹어 보라던 '깡

통과자'를 찾아 깡통시장을 돌고 또 돌았던 것. "깡통과자 파는 곳이 어디에요?"라고 물어볼 때마다 아무도 "그게 뭔데?"라고 되묻지 않고 "저기, 저쪽."이라고 가르쳐 줬는데, 가게를 찾지 못하고 계속 허탕만 쳤다. 시장 상인들이 알려 준 길을 따라가다 보면 어김없이 수입 과자 파는 가게가 나왔지만, 그 어디에도 준영이 엄마가 이야기한 깡통과자는 없었다.

두 시간 남짓 시장을 헤매다 보니 어느덧 점심시간. 비빔당면, 부산오뎅, 밀면, 유부주머니 등 국제시장 먹자골목에 늘어선 부산

국제시장 골목에서

"엄마도 정확한 이름은 모르더라고요. 깡통 안에 각종 사탕과 과자가 들어 있어서 그냥 '깡통과자'라 불렀대요. 미군이 즐겨 먹던 간식이라는데, 엄마 어릴 때 외할아버지께서 깡통시장에서 파는 그 과자를 가끔 사 주셨대요. 정말 맛있었다고, 저한테도 꼭 먹어 보라고 하셨거든요. 어떤 과자인지 궁금하기도 하고, 엄마가 그리워하는 과자를 선물하고 싶기도 해서 물어물어 찾아다녔는데, 아무 데도 없었어요. 시장을 두세 바퀴쯤 돌고 나서야 엄마 어릴 때면 워낙 옛날이니까 이젠 없어진 과자일지도 모르겠단 생각이 들었어요. 존재하지도 않는 과자 때문에 시간만 낭비하고 쓸데없이 체력을 소모한 셈이죠. 그래도 시장 구경은 제대로 했으니 괜찮아요." _배준영

의 명물 중에서 '깡통과자 원정대'가 점찍어 둔 메뉴는 통닭이었다. 원래 가려던 곳은 방송에도 숱하게 소개된 통닭집이었지만, 게스트하우스 사장님이 추천한 그 맞은편 집으로 걸음을 돌렸다. 전국적으로 유명한 맛집과 현지인 추천 맛집 사이에서 후자를 택한 것. 치킨은 언제나 후회 없는 메뉴이긴 하나, 국제시장 통닭은 질적으로든 양적으로든 정말 만족스러운 선택이었다.

도개식 장면을 보기 위해 서둘러 영도대교로 이동했다. 영도대교는 국내에서 유일하게 다리의 일부가 위로 열리는 '도개교'이다. 일제 강점기에 물류를 운송하는 큰 배가 지나갈 수 있도록 만든 영도교가 낡아서 2013년에 다시 복원한 다리가 영도대교이다. 다리가 열리는 도개식은 매일 오후 2시에 차량을 통제하고 약 15분간 진행되는데, 다리 절반이 번쩍 들어올려지면서 도로에 그려진 갈매기가 마치 하늘을 나는 듯이 보이는 풍경이 흥미로웠다.

영도대교 도개식

길 위에서 지갑 찾기?

부산 2일 차는 '준영이의 날'이라 해도 과언이 아니었다. 아침부터 병원에 간 데다, 아픈 발로 있지도 않은 과자를 찾아 시장을 헤매고 다닌 것도 모자라 지갑까지 잃어버렸으니······. 영도대교 도개식을 보고 송정해수욕장으로 가려고 지하철을 타려는 순간, 준영이는 지갑이 없다는 사실을 알았다. 지하도 바닥에 주저앉아 가방과 옷을 샅샅이 뒤졌건만 지갑은 아무 데도 없었다. 용돈과 교통카드, 그리고 팀 회비까지 들어 있는 지갑이었다.

멘붕에 빠진 준영, 그런 준영을 위로하는 유리, 왔던 길을 차분히 되짚어 보는 보경. 준영이가 가방을 열거나 오래 머물렀던 공간은 게스트하우스와 국제시장 통닭집, 영도대교 세 곳으로 압축됐다. 세 사람이 각자 한 군데씩 맡아 찾아보기로 하고 흩어진 지 30분 뒤, 게스트하우스를 맡은 보경이가 지갑을 찾았다는 소식을 전해 왔다. 준영이가 사용했던 침대 틈에 지갑이 떨어져 있었다는 것. 게스트하우스 주인도 미처 발견하지 못한 분실의 사각지대에서 지갑을 찾아낸 '매의 눈' 보경이 덕분에, 자칫 비극이 될 뻔했던 지갑 분실 사건은 가벼운 해프닝으로 끝났다.

드디어 송정에서 음악을 찾다

'길 위에서 깡통과자 찾기' 또는 '길 위에서 지갑 찾기'로 하루를 마무리 지을 순 없었기에, 그리고 남은 과제가 있었기에 서둘러 송정해수욕장으로 이동했다. 광안리나 해운대가 외지 관광객이 많이 가는 바다라면, 송정은 부산 토박이들이 학창 시절부터 즐겨 찾는 바다라고 한다. 해넘이에 찾은 송정해수욕장은 '길 위에서 음악 찾기' 대장정의 마침표를 찍기에 더할 나위 없었다. 아늑한 해변엔 서핑, 산책, 낮잠 등 각자의 방식으로 바다와 소통하는 사람들이

송정해수욕장에서

"네 번의 여행이 각각 다른 빛깔이었어요. 고성을 생각하면 투명한 유리구슬 같은 바다가 떠올라요. 여수는 바다의 도시인데도 짙은 주홍색이 연상되고요. 영월은 밝은 연두색, 부산은 짙은 파란색이에요. 지역은 물론이고 멤버도, 날씨도, 기분도 때마다 달랐는데, 그 새롭고 낯선 상황들이 좋았어요. 여행도 익숙해지면 지루한 감정이 끼어들 텐데, 그럴 새가 없었어요."_한유리

공존했다. 바람은 시원하고, 뉘엿뉘엿 기우는 햇살은 포근했다. 바다는 푸르고, 종일 볕에 데워진 은빛 모래는 따뜻했다.

보컬은 유리가, 영상과 스틸 촬영은 각각 준영이와 보경이가 담당했다. 고심 끝에 고른 9월의 노래는 '제주도의 푸른 밤'. 제주도가 주인공인 원곡을 그대로 부르자니 부산에게 미안해서 가사를 바꿔 부르기로 했었다. 부산행 기차 안에서 개사 작업을 마치고 '떠나요 열일곱'이라고 제목까지 바꿔 단 9월의 노래는, 부산의 푸른 낮과 밤은 물론 6월의 고성과 7월의 여수, 8월의 영월까지 기-승-전-여름의 추억을 되감아 냈다.

열일곱 인생이 권하는 알쓸신팁

↳ 알아두면 쓸모있는 신박한 여행 팁

작은 도시를 갈 때는 시내에 있는 숙소가 아니라면, 식사는 미리 시내에서 챙겨 먹고 가는 편이 좋겠다. 영월에선 래프팅을 하려고(경비 절감을 위해 결국 포기했지만) 강 쪽에 있는 펜션을 예약했는데, 숙소 근처에 편의 시설이 없어서 끼니를 챙기는 게 힘들었다. 종일 이리저리 돌아다니다 숙소에 돌아와 씻고 저녁을 먹으러 나갔는데, 주변에 식사할 데가 없어 당황스러웠다. 문 연 식당을 찾아다니다 가까스로 치킨집 하나를 발견해 치킨을 포장하고, 근처 리조트 안에 있는 편의점에서 컵라면과 빵, 음료 등을 사 와서 저녁을 때웠다.

_한유리

여수엑스포 빅오쇼엔 8개의 다리로 드럼도 치고 춤도 추는 분홍색 연체동물 캐릭터가 나온다. '뭉키'라는 이름의 이 캐릭터를 두고 주꾸미다, 문어다, 낙지다 하면서 의견이 팽팽했는데, 정답은 모르겠다. 다만, 문어와 주꾸미와 낙지 모두 다리가 8개라는 상식 하나를 건졌다. 오징어, 갑오징어, 꼴뚜기 다리는 10개인데 말이다. 문어, 주꾸미, 낙지는 여수 특산품이라는데, 역시 두말할 것도 없이 맛있었다! _배준영

여럿이 함께 가는 여행엔 보드 게임을 챙겨 가는 것이 좋다. 서먹한 친구도 피곤한 친구도 보드 게임 앞에선 쉽게 하나가 된다. 때론 대화보다 더 빨리 서로의 마음을 열어 주는 마법을 부린다. 특히 실내에서 주로 머물게 되는 장마철 여행엔 꼭 챙겨 갈 것. 레저가 있는 화목한 저녁을 보낼 수 있다. 개인적으로 '다빈치 코드'를 추천한다.

_김보경

10대에 의한, 10대를 위한, 10대의
오사카 & 고베 탐구생활

처음부터 끝까지, 우리들의 '버킷 리스트'로만 달린 여행이었다.
공정 여행에 대한 공부도 했고, 오사카의 다문화적인 특성에 대해 알아보자는 의견도 있었지만,
가장 중요한 건 '내가 진짜로 원하는 것'이었다. 테마 파크에선 하루 종일 놀아야 하고,
편의점 간식부터 전통 음식점까지 먹방은 계속되어야 하며,
풍경 사진보다 인증샷과 인생샷이 중요한 우리들만의 취향으로 가득 채운 여행.
10대의 솔직한 욕망을 나침반 삼은 4박 5일간의 오사카 & 고베 여정을 따라가 보자.

경기도 안산의 다문화거리 원곡동에서 태어나거나 자란 이주배경 청소년 여덟 명이 모였다. 부모님의 나라에서든 자신이 태어나고 자란 한국에서든 '지구인'이라는 사실은 변함없기에, '다문화 가정 아이들'이 아닌 '지구인 아이들'로 불리기를 원한다. 팀원 모두 어릴 때부터 한 동네에서 자라나 형제자매처럼 끈끈한 우애를 자랑한다. 실제로 팀원 중 절반이 진짜 남매(성아, 성우)와 자매(윤경, 인경)이기도 하다.

인생 테마 파크로 떠나는 4박 5일간의 여정

여행 이야기가 나오자마자 지구인 아이들의 희망 여행지 1순위는 일본 오사카였다. 오사카는 신칸센을 비롯해 지하철과 도로가 발달한 도시이고, 교토·나라·고베 같은 관광할 만한 도시를 이웃하고 있어서 한국인이 가장 많이 찾는 여행지이기도 하다. 멤버 모두 '내 생애 꼭 한번 가 보고 싶은 테마 파크'로 손꼽은 유니버설스튜디오재팬, 애니 성지 순례를 위한 덴덴타운, 식도락 여행의 끝판왕 도톤보리……. 오사카 여행에 대한 지구인 아이들의 기대감은 이처럼 분명하고 구체적이었다.

오사카도 제대로 둘러보자면 4박 5일 일정이 그리 넉넉한 것은 아니었으나, 도시 하나만 찍고 오기엔 아쉽다는 생각에 욕심을 좀 더 부렸다. 넷째 날과 다섯째 날 1박 2일을 할애한 고베는, 오사카에서 한 시간이면 갈 수 있는 데다 고즈넉한 분위기와 아기자기한 건물 등 일본다운 멋과 맛이 쏠쏠하다는 이유로 선택한 도시였다. 미리 귀띔하자면, 고베는 식도락 부문에서 오사카를 이겼다. 입안에 넣자마자 녹는다는 '인생 스테이크', 고베규의 묵직하고도 감미로운 한 방이 그것.

이 여행의 "소원을 말해 봐!"

오랜 시간을 함께해 온 친구들답게 서로의 성격과 장단점을 잘 알기 때문에, 개개인의 특성에 맞게끔 역할을 분담했다. 이를테면 꼼꼼한 성격의 화정이에게 회계를, 식도락 여행에 가장 열성적인 대한이에게 메뉴 담당을 맡기는 식이었다. 리더, 회계, 회계 보조, 길잡이, 타임키퍼, 메뉴 담당, 사진 담당, 일정 정리, 라스트 키퍼를 정하고 각자 자신이 맡은 역할에 따라 사전 조사를 진행했다. 휴대폰에 지도 앱과 번역 앱 설치는 필수. 특히 길잡이를 맡은 멤버들은 이동 경로별로 교통편, 비용, 소요 시간 등을 따져 계획을 세웠다.

그리고 이 모든 준비에 앞서 여덟 명 모두 자신이 꿈꾸는 여행에 대해 솔직히 이야기하는 시간을 가졌다. 혼자만의 여행이 아닌 '함께 가는 여행'이기 때문이다. 여행 버킷 리스트의 공유는 '따로 또 같이' 할 볼거리와 즐길 거리를 조율하기 위해 꼭 필요한 과정이었다. 제한된 예산과 일정 안에서 자신의 버킷 리스트만 실현할 수는 없는 노릇이다. 여럿의 로망을 중심으로 전체적인 여정을 짜되, 자유 시간을 집어넣어 개인의 로망도 소외되지 않도록 신경 썼다.

간판만 봐도 설렌다

인천공항에서 간사이공항까지 비행시간은 두 시간이 채 안 걸렸다. 하지만 인천에서 오후 비행기로 출발한 터라 오사카 숙소에 도착한 시각은 저녁 7시 반 무렵. 숙소는 닛폰바시역 근처에 있는 한인 게스트하우스로, 오사카의 주요 명소인 난바, 도톤보리, 신사이바시를 10~20분 안에 걸어서 갈 수 있는 위치였다. 또 편의점, 슈퍼마켓, 약국 같은 편의 시설이 가까이 있어 좋았다. 무엇보다 숙소 주인과 말이 통한다는 점에서 마음이 놓인다는 게 최대 장점. 생애 첫 해외여행인 만큼, 숙소는 일행의 긴장을 누그러뜨릴 수 있는 곳으로 잡았다.

도톤보리

짐을 풀고 신사이바시까지 걸어가 카레 전문점에서 늦은 저녁을 먹었다. 가려고 했던 맛집은 아니었지만 일본에서의 첫 끼니는 모두를 만족시켰다. 숙소로 돌아오는 길엔 도톤보리의 야경을 즐겼다. 화려한 네온사인과 독특한 간판 디자인을 구경하는 것만으로도 설레는 이국 도심의 여름밤이었다. 오사카 인증샷의 필수 코스라 할 글리코상을 배경으로 단체 사진도 찍고, 슈퍼마켓에 들러 아침거리를 골랐다.

일본에서의 첫 밤. 설레고 두근거려 쉬이 잠들 수 없을 것 같았지만, 내일의 컨디션을 위해 11시에 무조건 불을 껐다. 둘째 날은 멤버 전원의 버킷 리스트를 실현하는 날이므로.

#버킷 리스트 1   오사카 미식 여행

일본 음식 중엔 정말 맛있는 게 많다. 오사카는 특히 카레, 타코야키, 라멘 등 일본을 대표하는 음식들이 탄생한 지역으로도 유명한데, 본고장에서 오리지널을 맛볼 수 있어 엄청 기대된다. 전통을 자랑하는 음식점도 가 보고 싶지만 편의점의 다양한 간식도 즐기고 싶다.
_지대한의 '버킷 리스트' 중에서

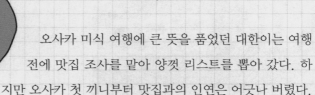

오사카 미식 여행에 큰 뜻을 품었던 대한이는 여행 전에 맛집 조사를 맡아 양껏 리스트를 뽑아 갔다. 하지만 오사카 첫 끼니부터 맛집과의 인연은 어긋나 버렸다. 애써 찾아간 카레집 앞엔 대기 줄이 엄청나게 길었고, 더욱이 가게가 작아 일행 여덟 명이 한꺼번에 들어가 앉기도 쉽지 않을 것 같았다. 결국 아쉬운 발길을 돌려 밥집을 찾아 헤매다 제일 먼저 눈에 띈 카레 전문점에 자리를 잡았다. 대기 줄 없이 일행 모두 한 번에 들어갈 수 있는 식당이었다.

"첫날 저녁 식사와 같은 일이 이후로도 몇 번 더 생기다 보니 관광객이 몰리는 유명 맛집 말고 조금 한적한, 현지인들이 가는 식당을 찾는 것도 좋겠다는 생각이 들었어요. 나중엔 인터넷에서 찾아본 집 말고 '저 집 맛있을 거 같은데?' 하는 촉이 오는 곳으로 들어갔어요. 그렇게 고른 집이 맛있으면 엄청 뿌듯하더라고요." _지대한

이 놀이동산은 혁명이다!

전날 밤에 사 온 빵과 라면으로 간단히 아침을 해결하고, 8시에 숙소를 나왔다. 유니버설스튜디오재팬에 도착한 시각은 8시 57분. 계획대로 개장 시간인 오전 9시부터 폐장 시간인 밤 9시까지, 총 열두 시간을 꽉꽉 채워 놀았다. 음식, 애니메이션, 패션, 건축 등 오사카에 대한 여덟 명의 관심사는 조금씩 달랐으나, 멤버 모두 '이것만은 반드시 체험해야 한다!'고 의기투합했던 일정이 바로 이 블록버스터급 테마 파크였다.

유니버설스튜디오재팬

도쿄 디즈니랜드와 함께 일본 테마 파크의 양대 산맥으로 통하는 유니버설스튜디오재팬은 할리우드 대작 영화를 주제로 구성된 체험 존이 매력 포인트이다. 특히 해리포터 존과 미니언파크의 인기는 상상 그 이상. 잠 많은 지구인 아이들이 아침 일찍부터 서두른 것도, 개장 시간에 딱 맞춰 입장해야 인기 있는 체험 존을 선점할 수 있기 때문이었다. 유니버설스튜디오재팬이 지구인 아이들에게 준 감동은 성아의 이 한마디로 깔끔하게 정리되었다.

해리포터 존

"이 놀이동산은 진짜, 정말, 대박, 헐, 혁명이다!"

#버킷 리스트 2
유니버설스튜디오재팬에서 하루 종일 놀기

내 꿈은 무대 디자이너 또는 인테리어 디자이너이다. 유니버설스튜디오의 구조와 조형물, 놀이기구를 보면서 디자인 감각에 자극을 받고 싶다. 유니버설스튜디오재팬 사진을 찾아보다가 핑크색으로 온통 도배된 공간을 봤다. 핑크색을 좋아하는 내겐 정말 꿈의 공간이다. 꼭 내 눈으로 직접 보고 싶다. _최우주의 '버킷 리스트' 중에서

테마 파크에서만 하루를 다 보냈으나 가장 버라이어티한 하루였다. 4박 5일 여정 중 유일하게 가벼운 부상자와 환자가 발생한 날이기도 했다. 하지만 심장이 쫄깃해지는 놀이 기구에서 내내 뿜어 댄 아드레날린은 통증을 잊게 할 만큼 강력했다. 롤러코스터 안전 바에 귀걸이를 단 귓불이 부딪히며 피를 본 화정이도, 아침으로 먹은 컵라면에 체해 종일 속이 울렁거렸던 성우도, 밤 9시까지 쉼 없이 놀이 기구를 달렸다.

"화정이 때문에 진짜 많이 웃었어요. 귓불에서 흐른 피가 뺨으로 번져 피범벅이 됐는데, '나, 피 나?' 그러면서 아무렇지도 않게 손으로 쓱 닦는 거예요. 주변 사람들은 놀라는 눈치인데, 우린 한번 터진 웃음을 멈출 수 없었어요. 상처는 크지 않았는데 롤러코스터에서 몸이 막 흔들리다 보니 피가 번졌던 거예요. 휴지로 피를 닦아 내고 나니 말짱해서 계속 놀이 기구를 탔어요. 아마 탈 수 있는 놀이 기구는 다 탔던 것 같아요. 유니버설스튜디오재팬은 보는 재미, 먹는 재미, 놀이 기구 타는 재미, 모두 스케일이 남달랐어요. 무엇보다 내가 기대했던 건축물과 인테리어가 생각보다 더 근사해서 좋았어요." _최우주

쿨하게 따로 또 같이!

오전에는 조별로 자유 시간을 갖기로 하고, 세 팀으로 나눠 흩어졌다. 먹방 팀은 도톤보리 길거리 음식 탐방을 시작했고, 쇼핑 팀은 디즈니스토어 같은 도톤보리의 예쁜 상점가를 돌며 캐릭터용품 쇼핑에 나섰다. 홀로 애니메이션 팀을 택한 성아는 덴덴타운을 구경했다. 게임, 애니메이션, 만화 관련 전문 숍이 즐비한 덴덴타운은 애니 덕후들의 성지로 통하는 곳. 만화가를 꿈꾸는 성아로서는 오사카에 도착하자마자 제일 먼저 달려가고 싶었던 곳이다.

조별로 점심 식사까지 해결한 뒤 모여, 단체로 일본 전통 의상인 유카타를 빌려 입고 나카자키초 카페 거리를 찾았다. 아기자기한 카페와 잡화점이 몰려 있는 나카자키초는 여자들의 취향을 제대로 저격했다. 거동이 불편한 옷과 신발이었지만, 일본 전통 복장 체험은 특별한 추억이 됐다. 다들 일본 애니메이션 속 주인공이 되어 두 시간 남짓 폭풍 같은 인증샷을 남겼다.

유카타를 반납하고 우메다 쪽으로 숙소를 옮긴 다음 복합 쇼핑 시설인 헵파이브를 찾았다. 헵파이브는 거대하고 붉은 대관람차가 유명하다. 대관람차를 타고 오사카 야경을 감상하고 싶었으나 대기 줄이 길어 포기했다.

숙소로 돌아와서 여행 경비와 영수증을 정리했다. 유능한 회계가 어찌나 경비를 알뜰히 썼던지 예상보다 돈이 많이 남아 다음 날 식사는 호화롭게 먹기로 약속했다.

나카자키초 카페 거리에서 일본 전통 복장 체험

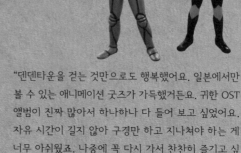

#버킷 리스트 3

애니 덕후의 덴덴타운 순례

내가 오사카에 가고 싶은 이유는 애니메이션 때문이다. 덴덴타운을 활보하며 애니메이션 굿즈를 구입하는 게 나의 가장 큰 꿈이다. 여행에서 돌아와 덴덴타운에서 득템한 굿즈를 친구들에게도 자랑하고, 내 방에 전시해 놓고 싶다. _박성아의 '버킷 리스트' 중에서

"덴덴타운을 걷는 것만으로도 행복했어요. 일본에서만 볼 수 있는 애니메이션 굿즈가 가득했거든요. 귀한 OST 앨범이 진짜 많아서 하나하나 다 들어 보고 싶었어요. 자유 시간이 길지 않아 구경만 하고 지나쳐야 하는 게 너무 아쉬웠죠. 나중에 꼭 다시 가서 찬찬히 즐기고 싶어요." _박성아

#버킷 리스트 4　유카타 입고 인증샷 찍기

패션디자인과에 다니다 보니 세계 3대 패션 스쿨로 통하는 일본 문화복장학원의 패션쇼를 해마다 관람하게 된다. 패션을 선도하는 나라의 분위기를 직접 느껴 보고 싶다. 또 일본 전통 복장인 유카타를 입고 가장 일본다운 거리를 거닐며 인증샷을 남기고 싶다. _최화정의 '버킷 리스트' 중에서

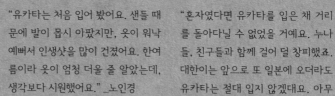

"유카타는 처음 입어 봤어요. 샌들 때문에 발이 몹시 아팠지만, 옷이 워낙 예뻐서 인생샷을 많이 건졌어요. 한여름이라 옷이 엄청 더울 줄 알았는데, 생각보다 시원했어요." _노인경

"혼자였다면 유카타를 입은 채 거리를 돌아다닐 수 없었을 거예요. 누나들, 친구들과 함께 걸어 덜 창피했죠. 대한이는 앞으로 또 일본에 오더라도 유카타는 절대 입지 않겠대요. 아무래도 불편한 옷이라……." _고영진

8인 식객의 고베규 순삭 쇼!

고베로 이동하기로 한 넷째 날. 오후 2시까지 두 번째 자유 시간을 갖고 자기 나름대로 오사카를 마저 즐겼다. 나카자키초 카페 거리를 또 둘러본 친구도 있고, 디즈니스토어에 다시 가서 어제는 살까 말까 망설였던 기념품을 산 친구도 있었다. 점심도 각자 따로 먹은 뒤 만나 전철을 타고 고베로 향했다.

"고기가 입안에서 살살 녹는다는 게 그냥 하는 말이 아니더라고요. 진짜 혀에 닿자마자 사르르 녹아 사라졌어요. 아이스크림이나 버터처럼! 진짜 인생 스테이크였어요." _노윤경

스테이크랜드

예약한 숙소에 도착한 시간은 오후 4시. 짐을 풀고 여행 전부터 벼르고 벼르던 저녁 특식을 위해 산노미아역으로 향했다. 고베에서의 첫 식사 메뉴는 스테이크랜드의 고베규 스테이크. 고베규는 고베 지역의 흑우인데, 부드러운 육질을 위해 특별한 방식으로 기른다는 이야기가 전설처럼 전해진다. 소에게 곡물과 맥주를 사료로 먹이고, 정기적으로 마사지까지 해 준다는 것.

셰프가 손님 앞에서 철판에 스테이크를 구워 접시에 놓아 주는 식이라, 지구인 아이들은 일본인 셰프와 바로 소통하며 고기를 즐길 수 있었다. 스테이크의 황홀한 맛과 셰프의 수려한 외모를 칭송하느라 여자아이들이 모여 앉은 자리에서는 웃음과 수다가 끊이지 않았다. 구워 내는 족족 고기를 흡입하며 쉼 없이 조잘거리고 까르르 넘어가는 소녀 식객들의 놀라운 멀티태스킹 능력에 셰프들도 '가와이!'를 연발했다.

식사를 마치고 밤 10시까지 하버랜드에서 놀았다. 쇼핑몰과 다
양한 즐길 거리를 갖춘 하버랜드는 바다를 따라 조성된 대규모 유
원지이다. 헴파이브에선 줄이 길어 포기했던 대관람차를 하버랜
드에서 탔다. 고베의 첫인상은 아이스크림처럼 녹는 스테이크와
함께, 대관람차에서 바라본 항구 도시의 낭만적인 야경으로 기록
됐다.

#버킷 리스트 5 스테이크계의 으뜸, 고베규 맛보기

고베 하면 고베규가 늘 따라붙는다. 고기는 언제
나 옳지만. 고베에 가면 꼭 고베규를 맛보고 싶다.
_노윤경의 '버킷 리스트' 중에서

고베규를 맛본 뒤에 지구인 아
이들은 스테이크에 대한 명확한
기준을 갖게 됐다. 세상의 스테
이크는 그냥 스테이크와 고베규
로 나뉜다고.

"잘생기고 친절한 셰프님 덕분에 더 맛있게 먹었어
요. 고기가 가장 맛있게 익었을 때 접시에 나 주는
센스! 우리들 접시엔 고기가 쌓였던 적이 없어요. 구
운 고기를 올려놓는 즉시 다들 빠른 젓가락질로 입
속에 넣었거든요. 고베규는 접시에서도, 입안에서도
순식간에 사라졌어요."_노인경

여행 마무리는 역시 식도락으로!

오전에 투어 버스로 고베 곳곳을 돌아보았다. 일본에 왔으니 신사 하나는 봐야 할 터. 태양신을 모시는 이쿠타신사에 가 보기로 했다. 이 신사는 연애와 결혼 문제에 영험해 이따금 이곳에서 결혼식이 열린다고 한다. 애니메이션에서 본 것처럼 부적 같은 점괘를 뽑는데, 연애운 '대길'을 뽑은 친구도 있었다.

라멘 전문점에서 점심을 먹고 기타노이진칸을 찾았다. 고베항 개항 당시의 외국인 거주지로, 고풍스러우면서도 아기자기한 서양식 건물이 남아 있어 일본 속의 작은 유럽을 느낄 수 있었다. 집으로 돌아오는 비행기를 타기 전, 간사이공항에서 마지막으로 먹은 일식은 철판볶음밥. 빈틈없이 꽉 채운 4박 5일의 오사카 & 고베 여행은 식도락으로 마무리됐다.

영진이는 190센티미터에 이르는 큰 키까지 보태, 지구인 아이들 사이에선 믿음직한 친구이자 든든한 오빠, 동생으로 자리매김했다.

모범생에 우등생. 성실하고 차분한 성격의 소유자.

영진이의 역할은 라스트키퍼. 라스트 키퍼의 임무는 이동할 때 마지막으로 주변을 점검하는 것. 숙소를 떠날 땐 마지막으로 방을 살피고, 비행기나 버스, 전철에서 내릴 땐 가장 나중에 내리면서 일행이 두고 내리는 게 없는지 훑어보는 역할이다. 또래보다 머리 하나 위에서 내려다볼 테니. 탐조등처럼 구석구석을 잘 살필 수 있으리라고 기대했다.

믿음직한 라스트 키퍼의 수미상관 분실담

그러나 완벽한 영진이에게도 빈틈이 있었으니, 친구들의 짐은 꼼꼼히 챙겼으나 정작 자신의 짐은 두 번이나 두고 내린 것. 첫날 인천공항에선 와이파이도시락을 잃어버리고, 귀국 비행기에선 선물로 산 초콜릿을 두고 내렸다. 와이파이도시락을 분실한 걸 알고 낙담하는 영진이에게, 지구인 아이들은 모두 함께 부담하자며 영진이를 위로했다. 친구의 실수를 나무라지 않는 건 지구인 아이들이 여행 내내 지켰던 약속이었다.

지구인 아이들이 귀띔해 주는 '여행의 기술'

 여행 계획은 최대한 군살을 뺄 것. 준비한 일정을 다 소화해야 한다는 압박감 때문에 가장 즐거운 순간에 집중하지 못하고 조바심을 내는 건 좋지 않다. _최우주

여행 와이파이도시락과 스마트폰만 있다면, 해외여행 겁먹을 것 하나도 없다! _박성아

자잘한 계획까지 다 세우고 갈 필요는 없다. 현장에서 즉흥적으로 찾아낸 맛집이나 볼거리가 큰 즐거움이 되기도 한다. _박성우

 여행지에 대한 조사는 되도록 많이 하고 가는 게 좋다. 아는 만큼 보인다. _노인경

와이파이도시락은 한국에서 준비할 것. 일본이 세 배 더 비싸다. 엔화가 우리 화폐 단위보다 0 하나가 적다 보니, 같은 금액인데도 더 저렴하게 느껴진다. 그 기분에 속아 이것저것 쓸데없는 쇼핑을 하면 '스튜핏'을 면할 수 없다. _최화정

모르면 물어보는 게 진리. 뭐든 해결해 줄 것 같은 스마트폰도 와이파이도시락과 떨어지는 순간 소용없었다. 지도 앱도 훌륭하지만 친절한 사람들의 도움을 더 많이 받았다. _지대한

친구들과 함께하는 여행에도 개인의 자유 시간은 꼭 필요하다. 따로 또 같이 여행하다 보면 추억이 더 풍성해진다. _노윤경

여럿이 움직이다 보면 분실물이 꼭 생긴다. 라스트 키퍼 역할에 두 명을 배정해, 전체를 점검하는 라스트 키퍼 1 뒤에서 라스트 키퍼 2가 다시 점검하는 게 좋다. _고영진

애니 덕후들의 파란만장 오사카 & 교토 유람기

여행명 '덕후하라'. 애니 덕후 13인의 오사카 & 교토 여정엔
이 여행명에 담긴 로망과 미션이 살아서 통통 튄다. 길을 찾다,
혼자 낙오된 친구를 찾다, 잃어버린 티켓을 찾다, 그렇게 찾고 또 찾다
끝난 여행이지만, 오사카의 지하철 노선을 익히고
새삼 우정을 확인하면서 배우고 얻은 것이 많다.
그리고 무엇보다도 덕후라면 응당 욕심낼 만한
보물들을 득템했다. 희귀한 만화책과 피규어,
좋아하는 애니메이션 캐릭터가 그려진 동전 지갑,
L자 파일, 베개, 포스터 등의 다채로운
굿즈가 그것. 캐고 또 캐도 나오는
좌충우돌 에피소드의 광맥엔
이런 기쁨들이 총총 반짝였다.

장흥군청소년수련관 여행 동아리 '팀ONE'의 멤버들이 뭉쳤다. 열세 명으로 이루어진 팀ONE은 말 그대로 '한 팀'을 뜻하면서, 원만한 '팀圓', 으뜸가는 '팀元'을 지향한다는 뜻도 가지고 있다.

덕력 충전, 5박 7일 오사카 & 교토 여행

전라남도 장흥에 사는 10대 청소년이란 점 외에 팀ONE 멤버들을 묶어 주는 또 하나의 공통점은 일본 애니메이션을 좋아한다는 것. 희망 여행지 1순위가 일본이었던 건 그 때문이다. '덕질'에 오롯이 집중할 수 있되, 늘 선망의 대상인 '대도시'를 경험할 수 있는 여행이길 원했다. 일본 제2의 도시 오사카를 선택한 건 그래서이다. 애니 덕후의 성지라 할 덴덴타운을 비롯해 관광·쇼핑·맛집의 천국으로 손꼽히는 오사카는 이 두 가지 로망을 한꺼번에 충족시켜 줄 터였다.

천년 고도 교토를 오사카와 함께 묶은 건 전통과 현대를 조화시켜 보자는 의도였다. 오사카에서 전철로 한 시간 거리라 동선으로 봐도 적합한 데다, 교토엔 애니 덕후들이 그냥 지나칠 수 없는 국제만화박물관이 있다. 덕질과 화려한 도시와 가장 일본다운 정서를 온전히 즐기기 위한 5박 7일간의 오사카 & 교토 여행, '덕후하라' 프로젝트는 그렇게 시작됐다.

9-1+5, 13인의 완전체로 거듭나다

처음에 팀ONE 멤버는 아홉 명이었으나, 여행 준비 도중 한 명이 탈퇴하면서 멤버를 추가 모집하게 되었다. 모집 기준은 간단했

다. '자발적 여행에 함께할 친구, 일본 애니메이션 덕후 대환영!'
딱 한 사람에게 주어진 자리에 다섯 명이 지원서를 냈고, 추가 멤
버 면접을 진행한 기존 멤버들은 고민에 빠지게 되었다. 여행을 함
께 해야 할 이유와 자질이 너무도 충분한, '진짜 덕후'들이 나타났
기 때문이다. 웹툰 작가, 게임 캐릭터 디자이너 등 장래 희망까지
덕질에서 비롯된 친구들의 등장에, 네 명을 떨어뜨리고 한 명만 뽑
아야 하는 상황이 안타깝기만 했다.

　간절하면 통한다 했던가. 다섯 명의 지원자 중 어렵사리 한 명을
뽑았는데, 이 사연을 전해들은 장흥 지역의 청소년 단체가 나머지
네 명의 여행 경비를 지원해 주기로 나서면서 총 열세 명이 함께하
게 됐다. 새 얼굴들의 합류는 팀ONE에 활력을 불어넣었다. 새로
운 팀원들의 밀도 높은 덕력이 '덕후하라' 프로젝트에 내실을 더해
준 것이다.

　새로운 팀원이며 팀에서 유일한 '초딩'이기도 한 신고구려의 특
별한 재능 덕분에 생각지도 못했던 버스킹을 여행 일정에 추가하
게 됐다. 막내에게 버스킹 준비를 맡기고, 열두 명의 형과 누나들
은 스케줄, 식사, 숙박, 교통 팀 4개 조로 역할을 나눠 맡았다.

여행 1일째_2017년 7월 20일 장흥터미널 ▶ 서울 센트럴시티터미널 ▶ 인천공항

첫 여행지 숙소는 공항

　　한반도 최남단 장흥에서 인천공항까지의 여정은 녹록하지 않았다. 다음 날 아침 7시에 출발하는 비행기를 타기 위해 장흥을 출발한 시각은 오후 5시. 서울행 고속버스를 타고 다섯 시간을 달려 센

좀 더 쾌적한 '공항 노숙'을 위한 꿀팁

★ 쌩얼에 최대한 편한 옷을 입고 갈 것. 잠을 자든 안 자든 어차피 노숙의 시간이다. 풀 메이크업한 얼굴로 잠자리에 드는 건 드라마 속 주인공이나 하는 행동이다.

★ 간단한 세면 도구는 작은 가방에 챙겨 꺼내기 쉬운 데 두는 것이 좋다. 세수 한번 하겠다고 완벽하게 싼 여행 가방을 활짝 열어 뒤적뒤적 찾아야 하는 불편을 피할 수 있다.

풀 메이크업
×

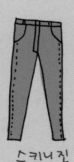

스키니진
×

손수건

작은 주머니

작은 로션
(100㎖ 이하)

칫솔과 치약
(100㎖ 이하)

트럴시티터미널에 내린 뒤, 다시 전철을 갈아타고 한 시간 넘게 달려 인천공항에 도착하니 자정 무렵이었다.

'공항 노숙'이라는 인상적인 체험으로 시작된 여행 첫날. 탑승 수속까지는 다섯 시간 넘게 남아 있었으나 아무도 잠들지 못했다. 그도 그럴 것이 해외여행이 처음인 아이들이 대부분이었고, 공항 노숙은 팀ONE 모두에게 처음이었으니까.

★ 여름이라도 얇은 담요나 긴팔 옷을 준비하는 것이 좋다. 공항의 성능 좋은 냉방 시설 때문에 추워서 잠이 깰 수도 있다.

긴팔 긴바지 담요

★ 노숙에도 명당이 있다. 1층 입국장은 사람이 많이 몰리는 구역이라 당연히 시끄럽다. 특히 소음에 예민하다면 비추. 가장 조용하고 조명도 어두운 구역은 지하 푸드코트 쪽이지만, 사람이 너무 없어 무서울 수도 있다. 웬만큼 조용하고 냉방이 심하지 않은 3층 출국장은 노숙에 가장 적합한 구역으로 손꼽힌다. 좋은 위치와 편한 의자는 이미 차 있는 경우가 대부분이지만, 지하부터 3층까지 쭉 돌아보며 자신에게 적합한 잠자리를 찾아보자.

애니 천국에 지름신이 내리다

인천공항 대합실에서 꼬박 밤을 샜건만 비행기 안에서도 잠들지 못했다. 비행시간이 짧기도 했지만, 불면의 이유는 역시 여행의 설렘 때문이었다. 간사이공항에 도착한 시각은 오전 9시. 아침밥을 공항 인근에서 해결할지, 아니면 오사카 시내에 위치한 숙소로 이동해 짐을 풀고 먹을지, 또 숙소까지는 어떤 교통편을 이용하는 게 가장 빠르고 경제적일지 등 번번이 선택의 기로에서 헤매고 의견을 모아 결정하다 보니 점심때가 다 되어서야 숙소에 도착했다.

밤을 새우고 아침까지 거른 아이들의 얼굴은 퀭하기 짝이 없었다. 에너지를 끌어올리기 위한 첫 미션은 신사이바시와 도톤보리 쪽에 검색해 둔 맛집 탐방하기. 팀ONE 멤버 열세 명이 우르르 몰려다녀 봐야 이 인원이 다 들어갈 식당을 찾기도 어렵겠다는 판단에 따라 3개 조로 나눴다. 조별로 각각 카레우동, 라멘, 오코노미야키 전문점을 찾았다. 기대만큼 맛있었던 오코노미야키와 기대에 못 미쳤던 라멘으로 시식 평이 갈렸지만, 어쨌든 배를 채우고 나니 다들 의욕이 솟구쳤다.

도톤보리와 덴덴타운으로 흩어져 돈키호테, 애니메이트 같은 쇼핑 천국 또는 애니 천국을 맛본 팀ONE 멤버들은 저녁 내내 덕력과 지름력을 하얗게 불태웠다. 무뚝뚝한 남자아이들이 해맑게 웃는 얼굴을 처음 보여 준 것도, 여자아이들이 여행 내내 무거운 짐 가방을 끌고 다녀야 했던 것도 그 때문.

"조별 활동을 재미있게 찍어 단톡방에서 공유하기로 했는데, 덴덴타운에 갔던 남자애들 모습이 제일 인상적이었어요. 평소에 웃는 얼굴을 전혀 본 적이 없었는데, 세상 행복하게 웃고 있더라고요. 특히 좋아하는 캐릭터가 그려진 동전지갑을 득템한 성용이가 그걸 목에 걸었다가 손에 들었다가 끊임없이 만지작거리며 좋아하는 모습이 재밌었어요. 덕후 마음은 덕후가 안다지만, 그래도 어쩌면 저렇게 좋아할까 싶더라고요." _선유화

맛집과 바꾼 오사카 야경

공항 노숙으로 달린 1박 2일 여정의 피로를 풀고자 9시까지 푹 자고 일어나 하루를 시작했다. 기상 시간에 여유를 두기로 한 건 전날 밤 전체 회의에서 결정되었다. 아침을 숙소에서 여유롭게 보낸 까닭에 원래는 오전에 돌아보려고 했던 오사카성을 한창 볕이 뜨거운 점심 무렵 방문하게 됐다. 하지만 한껏 끌어올린 컨디션으로 성안을 씩씩하게 누빌 수 있었다. 오사카성을 대표하는 탑인 천수각 8층 전망대에서 바라보는 전경이 근사했다. 그런데 이곳에서 잠깐 고구려 찾기 소동이 벌어졌다.

"전망대에서 쉬고 있는데, 옆에 있는 줄 알았던 고구려가 보이지 않는 거예요. 고구려는 휴대폰도 없거든요. 깜짝 놀라 8층부터 1층까지 '고구려! 고구려!' 외치며 뛰어다녔어요. 다행히 다른 애들이랑 밖에 있더라고요. 나이는 어려도 의젓하게 자기 역할을 다하는 아이라 걱정할 게 없었지만, 그때 딱 한 번 놀랐어요." _신주원

의도하진 않았으나 가뜩이나 더운 날 누나들을 뜀박질시킨 고구려는 오사카성에서 그렇게 제 이름을 떨쳤다. 나머지 멤버보다 네 살이나 어린 막내는 여행 내내 누나들의 특별 보호를 받았다. 형들은 보호라기보다는 나이 차를 느낄 수 없도록 '같은 수준'으로 놀아 주었다. 누나들은 고구려의 가방을 들어 주려고도 했고(열세 살 소년의 자존심이 도움을 허락지 않았다), 기념품을 사 주기도 했다(소년은 고맙게 받았다). 고구려는 여행 초반에 고등학생들 틈에 끼여 있는 게 어색했지만, 곧 스스럼없이 어울리며 여행을 즐겼다.

오사카성을 나와 조별 자유 여행을 이어 갔다. 오사카 첫날 덴덴타운을 놓친 친구들은 덴덴타운으로, 애니 굿즈 득템에 정신이 팔려 덴덴타운에만 머물렀던 친구들은 도톤보리로, 어제와는 다른 경로를 선택해 저마다 오사카를 즐겼다.

원래는 조별 활동을 끝내고 우메다 지구의 쇼핑몰 헵파이브에
모여 함께 저녁을 먹고 대관람차를 타기로 했으나, 한 팀이 길을
잃어 한 시간이나 늦게 도착하는 바람에 저녁 식사는 포기했다. 가
려고 했던 식당의 대기 줄이 긴 데다가 대관람차 운행 마감 시간이
얼마 남지 않아 맛집 대신 야경을 선택한 것. 과연 대관람차에서
바라본 오사카 시내의 야경은 아름다웠다. 아찔한 높이에 다리가
후들거렸지만, 대도시는 역시 낮보다 밤이 더 드라마틱했다.

오사카성

유니버설스튜디오재팬 정주행, 태클에 걸리다

이른 아침부터 식사 팀 민정이가 방마다 문을 두드리며 친구들을 깨웠다. 매일 아침 편의점 도시락 조달 임무를 맡은 민정이는 자연스레 기상 알람 역할까지 했다. 어떤 도시락을 먹을지 메뉴를 묻는 기상 알람이랄까. 이번 여행 중 가장 기대를 모았던 4일 차 일정은 딱 한 줄, 하루 종일 유니버설스튜디오재팬에서 놀기! 문 열 때 들어가 문 닫을 때 나오는 게 목표였다.

하지만 출발부터 어그러졌다. 새벽 한두 시까지 놀다 잠든 아이들에게 6시 기상은 쉬운 일이 아니었다. 유독 아침잠이 많은 친구

도시락을 챙겨 들고 유니버설스튜디오재팬으로!

들을 흔들어 깨우고 도시락을 챙겨 허겁지겁 숙소를 나왔건만, 지하철에서 또 헤매고 말았다. 열일곱 살 평생(고구려는 열세 살 평생) 지하철이라곤 모르고 살아온 장흥 10대들에게 서울도 아닌 오사카에서 지하철을 타고 길을 찾는다는 건 생각보다 어려운 일이었다.

개장 시각보다 일찍 도착해 여유롭게 입장하려던 계획은 이미 포기했으나, 유니버설스튜디오재팬에 도착해서도 그 문턱을 넘기까진 또 다른 난관이 첩첩 가로놓여 있었다. QR 코드가 찍힌 티켓을 출력해 왔어야 했는데, 이를 미처 챙겨 오지 않았던 것. 휴대폰으로 입장권을 예약한 사이트에 들어가 열세 명의 티켓을 일일이 다운받은 뒤 겨우 입장하려던 순간, 이번에는 편의점 봉지에 넣은 채 들고 있던 도시락이 문제가 됐다. 음식물을 들고 들어갈 수 없다는 것! 이 두 번째 태클은 차라리 동동거리는 마음을 비우는 계기가 됐다. 아이들은 길바닥 한쪽에 모여 앉아 도시락을 펼쳤다. 의도한 건 아니었으나 '유니버설스튜디오재팬도 식후경'이라는 모토로 천천히 아침 식사까지 마친 뒤, 계획했던 시간보다 두 시간 늦게 입장할 수 있었다.

아침부터 너무 진을 뺀 탓일까. 다양한 놀이 기구를 신나게 즐겼다는 평도, 흔하게 마주치는 코스프레족을 보며 '아, 내가 일본에 왔구나!' 감격했다는 평도 있었으나, 기대에 못 미쳤다는 평이 더 많았다. 폐장 시각인 밤 9시까지 놀자던 야심 찬 계획도 슬그머니 꼬리를 내렸다. 오후 4시쯤 윤호가 갑자기 배가 아프다고 하더니 토했고, 주원이가 "우리 그만 돌아갈까?"라고 제안했을 때 더 놀고 싶다고 말하는 친구는 한 명도 없었다. 5시쯤 유니버설스튜디오재팬을 나와 윤호에게 약을 사 먹이고 숙소로 돌아왔다. 윤호는 약을 먹고 잠시 쉬더니 금세 나아졌다. 저녁 먹으러 나갈 땐 다시 말짱해져서 먹방 대열에 합류했다.

기온마쓰리의 하이라이트, 야마보코 행렬

"키 작은 사람은 까치발을 해도 볼 수 없을 정도였어요. 현장에서 인파에 묻혀 직관은 못 하고, 모노포드나 삼각대를 한껏 치켜들고 영상을 찍는 사람들 뒤에서 그 카메라 화면에 담긴 영상을 보는 것으로 만족해야 했다니까요." _백수민

만화 박물관에서 덕력 충전!

아침 일찍 짐을 챙겨 교토로 이동했다. 교토는 1박 2일 예정이라 일정대로 다니려면 부지런히 움직여야 했다. 교토역 짐 보관소에 가방을 맡기고, 버스 1일 승차권을 사서 야사카신사로 가는 버스를 탔다. 7월의 교토 여행자라면 반드시 챙겨 봐야 할 기온마쓰리 때문이었다.

일본의 3대 축제 중 하나인 기온마쓰리는 7월 한 달 동안 야사카신사를 중심으로 기온 거리 일대에서 진행되는데, 17일과 24일에는 축제의 하이라이트인 야마보코(호화롭게 장식한 수레) 행렬이 펼쳐진다. 때마침 24일에 교토를 찾았으니, 화려하기로 소문난 퍼레이드를 빠뜨릴 수 없었다. 하지만 팀ONE과 같은 로망을 품은 이들로 이미 발 디딜 틈 없이 복잡한 기온 거리에서는, 축제를 구경하는 게 아니라 축제를 보러 나온 사람들을 구경하는 격이 됐다.

인파를 뚫고 나와 청수사(기요미즈데라)로 향했다. 일본 전통 가옥이 양쪽으로 늘어선 고풍스러운 골목을 지나다가 한눈에 반한 예쁜 음식점에 들어가, 역시 가게만큼이나 깔끔한 일본 가정식을 먹었다. 보기에 예쁜 음식이 맛도 있다는 의견과 비주얼과 맛이 꼭 비례하진 않는다는 의견으로 나뉘었으나, 주문한 음식이 나오자 다들 말없이 그릇을 싹싹 비웠다. 절벽 위에 자리 잡은 청수사에서는 교토 시내가 한눈에 내려다보였다.

잠시 접어 두었던 덕력 충전을 위해 교토국제만화박물관으로 갔

교토국제만화박물관

다. 폐교한 초등학교를 리모델링한 일본 최초의 만화 박물관으로, 전 세계 만화책 30만 권을 소장한 곳이다. 열람할 수 있는 만화책만 5만여 권에 이른다는데, 일본 만화책이 대부분이라 읽을 수는 없었지만 만화방을 찾은 듯 행복감에 젖을 수 있었다.

"《하이큐!!》라는 만화를 굉장히 좋아하는데, 만화 박물관 안에 있는 애니메이션 굿즈 코너에서 다양한 하이큐 굿즈를 보게 되어 너무 기뻤어요. 꼼꼼히 구경하다가 가장 좋아하는 캐릭터인 니시노야 유우가 그려진 L자 파일을 득템했어요. 애니메이션을 좋아해도 굿즈를 잘 사는 편은 아닌데, 이건 홀린 듯 집어 들게 되더라고요."_선유화

교토에 울려 퍼진 '홀로아리랑'

도시샤대학은 윤동주 시인이 다녔던 학교로, 시인의 육필 그대로 '서시'를 새겨 넣은 시비를 만날 수 있다. 도시샤대학에선 팀 ONE의 조커 카드인 고구려를 앞세워 특별한 이벤트를 펼쳤다. 윤동주 시인의 시비 앞에서 버스킹을 한 것. 곡은 '홀로아리랑'이었다. 고구려의 청아한 선창에 이어 나머지 멤버들이 후렴구를 합창했는데, 그

"사실, 조금 부끄러웠어요. 생목으로 노래하는 것도, 우리에게 시선이 집중되는 것도. 그런데 왠지 모르게 뿌듯하고 또 뭉클했어요."_김진우

"즐겨 보던 일본 애니메이션을 통해 일본 음식에 대한 기대감이 엄청 컸는데, 사실 제 입맛에 잘 맞지 않았어요. 너무 짜거나 달거나 느끼하더라고요. 그러다 보니 여행 5일 차가 되도록 한 번도 배불리 먹은 적이 없었는데, 한국 음식점에서 엄청 식탐을 부렸죠." _신주원

날은 공교롭게도 일본군 위안부 피해자인 김군자 할머니의 별세 소식을 들은 다음 날이었다.

교토역에서 짐을 찾은 뒤 숙소로 가는 길에 우연히 한국 음식점을 발견한 아이들은 검색해 둔 맛집을 버리고 그리로 직행했다. 음식점 간판에 적힌 비빔밥과 냉면이라는 글자를 보는 순간, 입안 가득 침이 고였기 때문이다. 그리운 고향의 맛은 여행 5일 차에 쌓인 피로를 단번에 풀어 주었다.

타이완, 프랑스, 오스트리아, 또 어디였더라? 하여튼 국적이 다양했어요. 되게 잘생긴 남자애도 있었어요. 그중 타이완에서 온 언니가 한국어를 잘해서 한국 드라마와 케이팝 이야기를 하며 친해졌죠. 영어랑 일본어 조금, 그리고 한국어를 대부분 사용했는데도 한참이나 수다를 떨었어요. 밤 12시 반까지 놀았나 봐요. 헤어질 땐 다들 서운해서 사진도 찍고, 페북으로 친구도 맺었죠.
_선유화

좋아요 32개

교토에서 묵게 된 숙소의 투숙객 중엔 다양한 국적의 청소년들이 눈에 띄었다. 휴게실과 식당을 오가다 이들을 눈여겨본 팀ONE의 인솔 선생님이 외국인 친구를 한번 사귀어 보라고 제안했을 때만 해도 아이들은 건성으로 "네, 네." 하고 말았다. 그런데 아이들끼리 내일 일정 회의를 마치고 자판기 음료수를 뽑으러 내려간 휴게실에서 선생님이 말했던 외국인 청소년들을 딱 마주쳤다. 누가 먼저랄 것도 없이 인사를 하고 짧은 영어와 일본어를 섞어 이야기를 나누다 보니, 어느 순간 휴게실에 있던 10대 후반의 각국 청소년들이 한자리에 모이게 됐다.
#교토비정상회담 #케이팝으로대동단결 #프렌치시크남

불꽃놀이를 잠재운 일본 게임방의 남다른 클래스

다시 오사카로 이동했다. 다음 날 오전 돌아가는 비행기를 타야 하는 팀ONE 일행에게 오사카에서 보내는 마지막 밤이 될 터였다. 마침 이날은 해마다 7월 24일과 25일에 걸쳐 열리는 덴진마쓰리 기간인 데다, 축제의 하이라이트인 강변 하나비(불꽃놀이)를 볼 수 있는 날이었다. 교토 기온마쓰리에 이어 오사카 덴진마쓰리까지 보면 일본의 3대 축제 중 두 개를 보는 셈이니, 여행운 하나는 끝내준다 해야 할까?

그러나 순간에 충실한 팀ONE 멤버들은 오사카 최고의 여름 축제를, '일본에 가면 꼭 해 보고 싶은 일' 3위에 올랐던 불꽃놀이 구경을 과감히 포기했다. 불꽃놀이를 보려면 40분 이상 걸어가야 하는데, 너무 덥고 힘들다며 오락실을 선택한 것. 일본 애니메이션에 자주 등장하는 하나비에 대한 로망을 잊은 것은 아니었으나, 로망은 로망일 뿐. 낭만보다 피로 회복이 먼저였던 현실의 여행자들은 시원하고 쾌적한 게임방에서 그들만의 축제를 즐겼다. 인형 뽑기와 하나비를 맞바꾼 셈이었으나 딱히 미련은 남지 않았다. 친구들과 웃고 떠드는 그 모든 순간이 즐거웠으므로.

"7~8층짜리 건물 전 층이 다 오락실이더라고요. 게임 종류가 어찌나 다양하던지, 일본 게임방의 '클래스'는 과연 남다르다고 느꼈어요." _노남권

"인형 뽑기 때문에 용돈을 탕진한 친구도 있어요. 결국 인형은 못 뽑고 초콜릿하고 사탕 하나밖에 못 뽑았는데, 인형 뽑기에 투자한 돈으로 초콜릿과 사탕을 샀다면 엄청 많이 샀을 거예요." _이성용

민찬이가 우리 짐 싣는 걸 도와주는 동안, 도보 팀 3명이 먼저 출발을 해 버린 거예요. 그 짧은 사이에 도보 팀 애들은 골목으로 사라지고, '어~어~' 하다가 우리가 탄 택시도 출발한 거죠. 어두운 거리에 혼자 남겨진 민찬이가 너무 걱정되더라고요. 와이파이 구역을 벗어나 전화도 안 됐거든요. 택시로 오니 호텔엔 5분 만에 도착했어요. 도착하자마자 민찬이를 찾아야겠단 생각에 애들이랑 온 길을 되짚어 갔죠. 그런데 그 사이에 민찬이가 호텔에 도착한 거예요! 이번엔 민찬이가 우릴 찾아 나서고, 뒤늦게 도착한 도보 팀 애들은 또 민찬이를 찾아 나서고. 무슨 꼬리잡기처럼 밤 11시에 다들 호텔 앞을 빙글빙글 돌았어요. 저희들이 친구를 찾겠다고 말도 없이 사라지는 바람에 선생님들은 또 한걱정하시고요. 그래서 혼이 나기도 했지만 서로를 생각하는 마음을 확인할 수 있었던 사건이었어요. _길동희

team_one

좋아요 27개

지하철역에서 숙소까지는 10~15분쯤 걸어야 닿는 거리였다. 마지막 밤이 아쉬워 도톤보리에서 늦게까지 놀다 보니 밤 10시로 예약한 호텔 체크인을 11시로 미루고도 시간이 촉박해지고 말았다. 택시를 타려고 했으나 두 대밖에 잡지 못한 상황. 일행은 남학생 4명을 남긴 채 택시 두 대로 나눠 타고 숙소로 향했다. 그런데 걸어오기로 한 네 명 중 한 명이 일행을 잃어버린 것이다. 여자아이들의 짐을 택시 트렁크에 실어 주느라 뒤처진 민찬이였다.

그런데 혼자 뒤처진 민찬이가 앞서간 도보 팀 아이들보다 오히려 일찍 호텔에 도착했다. 사연을 들어 보니, 타박타박 혼자 밤길을 걷고 있는 소년을 호텔까지 태워다 준 친절한 오사카 시민이 있었다는 것. 덕후들의 훈훈한 우정은 물론, 민찬이의 현지 적응력을 확인할 수 있는 사건이었다.

#민찬이를 찾아라! #13인의덕후가도로를질주하오 #우정뿜뿜 #오사카의선인 #적응력갑민찬

보딩 패스 분실 정도는 되어야 추억거리지

아침 일찍 간사이공항에 도착해서 아침을 먹고 여유롭게 출국 수속을 밟았다. 이제 더 이상 사고 없이 여행을 마치고 부산행 비행기에 몸을 싣는 줄 알았다. 그러나 마지막까지 소소한 사고 한 건을 더 보태야 했다.

탑승 시간이 다 되어서야 보딩 패스를 잃어버린 걸 알게 된 재현이가 진우와 함께 보딩 패스를 찾으러 사라진 것이다. 탑승은 시작됐는데 애들은 없어지고, 심지어 전화를 해도 안 받아서 팀ONE 일행은 한바탕 난리가 났다. 다행히 탑승 마감 직전에야 재현이와 진우가 돌아와 탑승 게이트에서 보딩 패스를 재발급받았다. 이 소동으로 아이들은 보딩 패스를 잃어버렸을 때 어떻게 해야 하는지 확실히 배웠다. 보딩 패스를 찾으러 다니지 말고 재발급받을 것!

일본에 갈 때와 달리 돌아올 때 선택한 공항은 부산 김해공항. 기왕 먹을 점심 맛있게 먹자는 생각에, 미리 검색해 둔 구포시장 맛집을 찾아갔다. 오랜만에 맛보는 고국 음식에 너무 욕심을 부린 게 문제였다. 열세 명이 제각각 다른 메뉴를 주문하다 보니 음식이 늦게 나왔고, 너무 맛있어서 중간에 숟가락을 놓지 못한 게 탈이었다. 결국 부산서부터미널에 도착했을 땐 타야 할 버스가 출발하기 직전이었다.

짧은 만남이었지만 부산은 13인의 덕후들에게 맛있는 도시로 각인됐다. 5박 7일간의 오사카 & 교토 여행에 깨알 같이 부산 먹방을 덧댄 '덕후하라' 프로젝트는 그렇게 마침표를 찍었다. 매 순간을 즐기며 낙천적으로!

덕후들의 여행에 그림자로 함께했던 인솔 교사는 팀ONE의 여행 스타일을 '카르페디엠'이라 표현했다. 카르페디엠은 '지금 이 순간에 충실하라'는 뜻의 라틴어. 아이들은 그때그때 상황에 맞춰 일정을 변경하는 것에 조금도 거부감이 없었다. 하나비를 포기하고 오락실을 택했을 때도 그랬지만, 언제나 그 순간을 충분히 즐겼다. 계획한 일정을 꼭 완수해야 한다는 조바심이나 압박감 없이, 체질적으로 느긋하고 유연했다고나 할까. 어른의 시선으로는 '미리 준비하고 더 알아봤더라면 헤매지 않았을 텐데……' 하는 아쉬움이 남을 때도 있었지만, 아이들은 그 부분에 대해서도 쿨하게 반응했다. 이를테면 이런 대화처럼.

그리고 남은 이야기들

덴덴타운의 애니메이트는 굿즈의 천국이었다. 한 층 한 층 올라갈 때마다 가슴이 두근거릴 만큼 흥분되었다. _김민수

교토에서 도게츠교를 못 보고 온 게 아쉽다. 좋아하는 애니메이션에 등장하는 다리라 꼭 그 위에서 사진을 찍고 싶었는데, 시간이 맞지 않아 포기했다. 그래도 아직 한국에서 출간되지 않은 <뉴 게임!> 시리즈를 득템해 행복했다. 일본어로 된 책이라 읽지는 못하고 그림만 보고 있지만, 이 만화책을 지니고 있는 것만으로도 흐뭇하다. _노남권

여행 마지막 날 저녁으로 먹은 초밥은 정말 맛있었다. 입안에서 해물이 춤을 추는 것 같았다. _이윤호

이동할 때마다 지하철역에서 최소 30분 이상 헤매면서 시간이 허비되는 게 괜찮았어? 답답했다거나, '미리 정보를 찾아보고 올걸.' 하고 후회했다거나……._인솔 교사

음, 저는 괜찮았어요. 계획표대로 딱딱 움직였다면 쉴 틈이 전혀 없었을 거예요. 표 끊느라, 길 찾느라, 관련 정보를 찾아보느라 멈춰 있던 순간들이 다 쉬는 시간이었어요. 헤매느라 쉬기도 했던 거지요. 안 그랬으면 그 더운 날씨에 너무 힘들었을 거예요._신주원

멤버 중엔 전부터 알고 지낸 친구도 있지만, 이번 여행으로 처음 만난 친구도 있었다. 여행 기획 회의 때만 해도 처음 만난 친구들이 별로 말이 없어서 친해지기 어려울 거 같다는 느낌을 받았다. 하지만 막상 여행을 떠나자 말수 적은 친구들도 전혀 다른 모습을 보여 주었다. 적극적이었고, 자신이 좋아하는 분야에 대한 자신감과 열정이 넘쳤다. 그런 모습은 당연히 멋있게 느껴졌고, 친해지는 데 큰 역할을 했다._길동희

유니버설스튜디오재팬에서 동희 누나가 뭐든 하나 사 주겠다고 해서 포켓몬 베개를 골랐는데, 그 베개가 매우 유용하게 쓰였다. 할아버지, 할머니 선물을 깜박하는 바람에 식구들에게 돌릴 기념품이 모자랐는데, 동생에게 포켓몬 베개를 주니 물량도 딱 맞아떨어지고, 동생도 엄청 좋아했다. 비행기를 한 번이라도 타고 싶어 지원한 여행이었는데, 두 번이나 탔다. 여행에 대한 내 꿈은 충분히 이루어진 것 같다._신고구려

쌤들은 제발 다음 날을 위해 새벽 1시 전에는 자라고 당부했지만, 한 번도 지킨 적이 없다. 한방에 오글오글 모여 얘기하고 놀다가 문득 시계를 보면 2시쯤이었다. 더 이상은 안 되겠다며 각자의 방으로 흩어졌지만, 침대에 누워서도 "잠이 안 올 것 같아. 나 밤새우면 어쩌지?" 하고 속닥였다. 하지만 어느 순간 다들 잠들어 버렸다._선유화

길에서나 음식점에서나, 어딜 가도 한국말이 들렸다. 그만큼 오사카엔 한국인이 많았다. 외국인들이 섞여 있는 한국의 어떤 도시라 해도 믿을 정도였다. 지하철에서 헤맬 때나 비로소 '아, 여기가 외국이구나.' 했다._신재현

여행을 멋지게 만드는 마음가짐

_공정여행사 트래블러스맵

1. 여행의 콘셉트를 정하자

꼭 유명한 곳으로 가야만 대단한 추억을 남길 수 있는 것은 아니다. 가까운 곳으로 여행을 가더라도 여행의 목적과 콘셉트가 분명하다면 잊지 못할 추억으로 남는다. 또한 유명 관광지를 간다고 해도 꼭 남들과 같은 것을 보고 올 필요는 없다.

예를 들어 여수 하면 떠오르는 대표적인 관광지로 향일암, 여수 엑스포, 진남관 등을 들 수 있다. 하지만 배를 타고 가까운 섬 금오도로 들어가면 비렁길 트레킹을 할 수 있고, 오도로 들어가면 바다가 보이는 시골 마을에서 하룻밤 홈스테이 체험을 할 수 있다. 이처럼 같은 여수라도 무엇을 경험하고 싶으냐에 따라 사람마다 다르게 여행할 수 있다.

해외도 마찬가지이다. 이탈리아에 가면 콜로세움을 비롯해 고대 로마의 유적지를 보기 위해 몰려든 사람들로 유명 관광지는 항상 북적인다. 하지만 유명 관광지 못지않게 매력적인 곳이 로마의 골목이다. 유서 깊은 상점과 에스프레소 향이 가득한 카페, 인터넷이나 여행 책자에 소개되지 않는 맛집까지 두루 경험할 수 있다. 남들이 주목하지 않는 곳에서 나만의 추억을 만드는 것도 여행을 즐기는 하나의 방법이다.

2. 계획은 무리하게 세우지 않는다

여행을 다니다 보면 예상치 못한 일이 생기기 마련이다. 원래 타려고 했던 교통편을 놓치기도 하고, 긴 대기 줄 끝에 서 있어야 하기도 하고, 무더위나 폭우와 같은 악천후를 만나기도 한다. 평소에 잘 놀던 친구도 여행에서는 체력이 달려 골골거리기도 한다. 따라서 계획표 사이사이에 반드시 여유 시간을 두어야 한다. 한 치의 빈틈도 없이 빡빡하게 계획을 세우다 보면 일상에서 벗어난 여행에서조차 짜인 계획표대로 앞만 보고 달릴 수밖에 없다. 여행에서는 좀 더 여유 있게 시간을 배분하여 여행하는 시간 그 자체를 즐기도록 계획을 세우는 것이 좋다.

3. 너무 거창하게만 생각하지 말자

멀리 비행기를 타고 가서 호텔에 묵는 여행만이 훌륭한 여행인 것은 아니다. '돈이 없는데 어떻게 여행을 가지?'라고 쉽게 좌절할 필요도 없다. 돈이 없어도 마음만 있다면 여행은 언제든지 떠날 수 있다. '여행을 일상처럼, 일상을 여행처럼'이라는 말이 있다. 익숙한 일상의 공간을 특별한 여행의 공간으로 바꿔 보는 것은 어떨까? 생각을 조금 달리해 보고, 친구들과 의견을 나눠 보면, 적은 예산으로 오히려 10대만의 취향이 듬뿍 담긴 참신한 여행을 다녀올 수 있다.

- 지하철로 떠나는 여행
- 단돈 1만 원으로 떠나는 당일치기 여행
- 10대들을 위한 '우리 동네 여행지도' 만들기 여행
- 졸업 기념으로 친구들과 추억이 담긴 장소에서 우정 사진을 찍는 여행

4. 우리만의 여행 규칙을 정하자

여럿이 함께 여행을 떠나기 전에는 여행 규칙을 미리 정하는 것이 좋다. 여행에는 돌발 변수가 많다. 따라서 미리 규칙을 정해 놓지 않으면 사소한 일로 다툼이 생길 수 있다. 돈 관리는 어떻게 할 것인지, 의견 충돌이 있을 때에는 어떻게 조율할 것인지 등 여행에서 일어날 수 있는 변수를 생각하여 모두가 동의할 수 있는 규칙을 정해 놓는다.

5. 여행지는 누군가에게 삶의 터전이다

유명 관광지나 여행지는 나에게는 관광지이지만, 누군가에게는 삶의 터전이다. 누군가 내가 사는 서울에 여행을 왔다면 그 사람에게는 서울이 여행지이지만 나에게는 집, 학교, 분식집, 학원이 있는 삶터이다. 그러니 여행 갔다고 신이 난 나머지 밤늦게까지 떠든다거나, 쓰레기를 아무렇지도 않게 버린다거나, 한 번 보고 말 사람이라고 함부로 대하는 태도는 여행지에 사는 사람들의 삶을 방해하는 무례한

행동이다.

요즘 많은 사람들이 여행지의 환경을 훼손하지 않고, 현지 문화를 체험하며, 그곳 지역 사회를 위해 소비하는 새로운 방식의 여행을 떠난다. 이런 여행을 '공정여행'이라고 한다. 공정여행은 '지속 가능한 여행', '책임 여행'이라고 일컫기도 하는데, 생산자와 소비자가 대등한 관계를 맺는 공정무역에서 따온 개념이다. 공정여행은 주로 다음과 같이 이루어진다.

- 여행지에서 살아가는 사람들의 삶과 권리를 존중한다.
- 여행하는 동안 소음과 쓰레기를 줄이고, 타인의 사생활을 지키도록 노력한다.
- 여행이 도시와 자연을 파괴하지 않도록 탄소 배출과 일회용품 사용을 줄인다.
- 여행사나 여행지의 호텔, 식당 등에서 일하는 사람들의 권리와 존엄이 지켜지도록 노력하고 존중한다.
- 여행에서 쓰는 돈이 그 지역에 남도록 그 지역에서 운영하는 숙소, 상점, 시장, 공예품, 공정무역, 협동조합을 지지하고 선택한다.
- 여행은 모두를 위한 것이므로 사회적 약자의 여행과 이동의 권리를 지지하고 지원한다.
- 아름다운 도시와 마을, 세상을 만나는 여행을 미래 세대도 누릴 수 있도록 여행지를 소중히 지켜 간다.

마냥 즐기기만 했던 여행이 왠지 어렵게만 느껴진다고? 하지만 그렇게 걱정할 필요는 없다. 공정여행은 불편하고 낯설기만 한 여행도 아니고, 거창한 생각을 하고 떠나야 하는 여행도 아니다. 그저 내가 할 수 있는 실천을 하나라도 시작해 보자. 여행 중 쓰레기를 최소로 배출하기, 일회용품 쓰지 않기 같은 실천 수칙 하나만 딱 정해서 해 보자. 그리고 다음번 여행에서 수칙을 하나둘 늘려 보는 것이다. 위에서 제시한 것 말고 나만의 새로운 공정여행 수칙을 만들어 보는 것도 좋은 방법이다. 이렇게 조금씩 공정여행과 친해지다 보면 여행에서 더욱 큰 보람과 즐거움을 누릴 수 있다.

꿈 따라 길 따라,
지금 만나러 갑니다

간호사, 메이크업 아티스트, 천문학자, 초등학교 교사, 경찰관, 영어 교사, 농악인.
7인 7색의 꿈을 방향키 삼아 길을 떠났다. 꿈을 이미 이뤘거나, 꿈을 향해 가는 길 위에서
저만치 앞서 달리고 있는 선배들을 만나러 가는 여행길. 서울–인천–충주를 무대로 펼쳐진
2박 3일간의 꿈 찾기 여정엔 깨알 같은 웃음의 기억들이 촘촘히 새겨졌다.

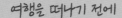

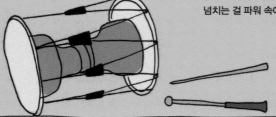

강릉 산들바다지역아동센터를 중심으로 모인, 자칭 타칭 '드림 팀'. 이들이 드림 팀으로 불리는 이유는 'Dream Job으러 가드래여~'라는 긴 여행명을 줄여서 부르는 것이기도 하지만, 무엇보다 탄탄한 팀워크 때문이다. 중학교 1학년부터 고등학교 1학년까지 나이대는 다양하지만 초등학교 때부터 한동네에서 어울려 자란 까닭에 형제지간처럼 친하게 지낸다. 여섯 명의 기 센 소녀들이 청일점인 준혁이를 여동생 또는 여자 친구처럼 대하는 모양새이지만, 넘치는 걸 파워 속에서도 준혁이의 입담과 존재감은 여전히 살아 있다.

'Dream Job으러 가드래여~'에 담긴 의미는?

'자발적 여행'에 호기심을 갖고 모인 일곱 명은 재미만 찾는 여행보다는 '배움'이 있는 여행을 다녀오자는 데 의견을 모았다. 여행키워드를 꿈, 교육, 경험으로 정하고, 일곱 명의 꿈을 아우르는 체험 여행을 기획했다. 이렇게 해서 나온 여행명 'Dream Job으러 가드래여~'는 말 그대로 '꿈(Dream)을 좇아 떠나는 여행'을 뜻한다. 여기서 꿈은 장래 희망과 같은 말이라 '직업'을 뜻하는 영어 단어 'Job'을 더해, 의미로는 '꿈의 직업', 발음으로는 '꿈을 잡자'로 읽어도 좋을 이름으로 정했던 것이다. 강원도 사투리 '-드래여'는 강릉 청소년만의 개성을 살리기 위한 포인트!

일곱 명의 꿈을 방향키 삼아 정한 여행지

초등학교 교사(정희), 농악인(지현), 경찰관(은선), 천문학자(준혁), 간호사(주희), 메이크업 아티스트(정아), 영어 교사(지원). 드림 팀원들은 각자 자신의 장래 희망을 적고, 그 꿈을 바탕으로 만나고 싶은 사람과 방문하고 싶은 장소를 생각해 봤다. 이를테면 메이크업 아티스트를 꿈꾸는 정아는 유명한 메이크업 아티스트가 운영하는 서울의 한 메이크업 학원을 방문 희망지로 적었다. 일곱 명의 꿈을 방향키 삼아 이동 경로와 체험 조건 등을 따져 보았더니 여행지가

서울·인천·충주로 좁혀졌다.

꿈의 멘토를 찾아라!

여행 준비 과정에서 가장 많은 부분을 차지한 것은 인터뷰이 선정과 섭외였다. 꿈의 멘토, 이른바 '롤 모델'을 찾아가는 여정인 만큼 자신의 롤 모델을 정하고 인터뷰 약속을 잡는 게 핵심이 되었다.

꿈의 길잡이가 되어 줄 롤 모델은 두 가지 측면으로 살펴봤다. 이미 꿈을 이룬 사람과 그 꿈을 향해 나아가는 길 위에 있는 사람. 예를 들면 교사를 꿈꾸는 정희와 지원이는 교사가 되려고 준비하고 있는 교육대학교 학생을 찾아가기로 했다. 같은 꿈을 꾸고 있지만 자신들보다는 그 꿈에 훨씬 더 가까이 다가간 선배를 만나 실질적인 조언을 듣고 싶었기 때문이다. 정희와 지원이는 용감무쌍하게 아무 연고도 없는 대학원생을 직접 섭외했다. 서울교육대학교 홈페이지에 게시된 초등교육과 사무실 대표 번호로 다짜고짜 전

드림 팀이 만든 여행 포스터

"멘토가 되어 줄 분들에게 왜 찾아뵈려고 하는지, 우리 여행의 기획부터 설명했어요. 저희들의 꿈과 관련해 궁금한 점을 여쭤보고 그 대답을 듣는 인터뷰 과정을 동영상으로 담고 싶다고 말씀드려 허락도 구했고요. 여행을 끝마치면 인터뷰 동영상을 모아 뉴스 형식으로 편집해서 친구들과 공유할 생각이거든요. 꿈을 찾아 우리가 보고 듣고 경험한 일들이 다른 친구들에게도 조금은 도움이 될 거라고 생각해요."
_김정희

화를 걸었고, 우연히 전화를 받은 김성수 조교에게 인터뷰를 요청한 것이다.

준혁이가 섭외한 인하대학교 항공우주공학과 학생, 지현이가 만남을 청한 권재은 명창, 주희가 섭외한 강현진 간호사는 산들바다지역아동센터 원장님의 인맥으로 연결되었다. 원장님이 미리 얘기해 놓긴 했으나, 인터뷰 시간과 장소 같은 세부적인 약속은 아이들이 각자 전화와 이메일로 직접 연락해서 정했다.

여행이 계획대로 착착 풀리는 것만은 아님을, 아이들은 녹록지 않은 준비 과정 속에서 충분히 깨달을 수 있었다. 정아가 만나고 싶어 했던 유명 메이크업 아티스트는 좀처럼 섭외가 되지 않아, 결국 아는 분에게 소개받은 서울의 한 메이크업 학원 원장과 인터뷰 약속을 잡았다. 은선이가 가 보려고 했던 충주경찰학교는 외부인의 출입이 제한돼 방문할 수 없었다. 은선이는 충주경찰학교 대신 강릉경찰서에서 운영하는 청소년경찰학교를 체험하는 것으로 계획을 수정했다. 은선이를 위한 경찰학교 체험은 여행을 떠나기 전날, 아이들의 고향인 강릉에서 마치 이 여행의 리허설처럼 이루어졌다.

경찰학교에서 여행의 시동을 걸다

강릉경찰서에서 운영하는 청소년경찰학교는 지역 초·중·고 학생들을 대상으로 학교 폭력 가해자와 피해자의 역할극, 경찰 체험 등 다양한 프로그램을 운영하면서 학교 폭력 예방 교육을 실시하고 있다. 은선이는 드림 팀 친구들과 함께 경찰복을 입어 보고, 사격 실습과 경찰차 모형 조립을 해 본 뒤에 강릉경찰서 소속 박서인 경찰관을 만나 보았다.

"경찰학교 체험을 마치고 인터뷰를 했는데, 친구들이 동영상을 찍고 있어서 그런지 엄청 긴장됐어요. 경찰이 되려면 뭘 준비하고, 또 뭘 잘해야 하는지 여쭤봤어요. 일단 공부도 잘해야 하고, 체력을 기르기 위해 운동도 열심히 해야 한대요. 또 무엇보다 인성이 중요하다고 하시더라고요. 솔직히 공부를 잘해야 한다는 말에 마음이 좀 흔들렸지만, 노력하면 되겠죠." _이은선

메이크업 학원

"기초 화장법과 세안법, 얼굴과 목이 차이 나지 않게 화장하는 법 등 유용한 메이크업 팁을 알려 주셔서 정말 좋았어요. 원장님에게 직접 메이크업을 받은 것도 좋았고요. 원장님 이야기를 듣다 보니, 메이크업 아티스트로서의 자부심과 보람이 전해졌어요. 그런 모습을 보면서 제 꿈에 더 확신을 갖게 됐어요." _최정아

"초등학생 때 영어를 너무 못했거든요. 그런데 영어 과목을 담당하셨던 중학교 1학년 때 담임 선생님이 저를 잡고 진짜 열심히 가르쳐 주셨어요. 선생님이 그렇게 공을 들이시는데, 안 할 수가 없잖아요. 학원도 다니면서 공부를 하다 보니 흥미가 생겨서 더 열심히 하게 됐죠. 영어 교사는 그 선생님 때문에 갖게 된 꿈이에요." _이지원

꿈을 좇아 서울을 달리다

첫째 날은 2박 3일 여정 중 가장 빡빡한 일정을 소화하느라 서울 곳곳을 바쁘게 내달렸다. 드림 팀 일곱 명 중 네 명의 꿈과 만나는 날인 데다가, 모처럼의 서울 나들이에 관광을 빼놓을 수 없었기 때문이다. 오전 10시에 서울고속버스터미널에 도착해 오후 10시쯤 숙소에 짐을 풀기까지, 드림 팀은 서울 시내 5개 구, 총 6개 동에 발 도장을 찍었다.

꿈을 찾아가는 서울에서의 여정은 정아가 섭외한 잇츠메이크업에서 시작됐다. 정아를 모델로 진행된 김영란 원장의 메이크업 시연은 한창 화장에 관심이 쏠릴 10대 소녀들의 열렬한 호응을 불러일으켰다. 귀에 쏙쏙 들어오는 알찬 강의에 소녀들이 눈을 반짝이며 듣는 동안, 정아 누나의 변신을 지켜보던 준혁이는 '화장발'의 위력에 감탄을 금치 못했다.

서울교육대학교에선 정희와 지원이가 섭외한 초등교육과 김성수 조교를 만났다. 교사를 꿈꾸는 두 친구에게 꿈의 대선배가 당부한 말은 '다른 사람을 의식하거나 휘둘리지 말고, 진짜 자신이 원하는 꿈을 찾아 나아가라'는 것. 김성수 조교는 어릴 때부터 지금까지 자신의 꿈이 변해 온 과정을 진솔하게 들려주며, 드림 팀의 꿈 찾기 여정을 응원해 주었다.

주희는 강현진 간호사를 만나 연세대 세브란스병원을 구석구석 돌아보았다. 꿈의 멘토와 함께한 병원 견학은 주희로 하여금 다시 한 번 간호사의 꿈을 가슴에 새기게 했다.

팀원 중 한 명이 자신의 롤 모델과 인터뷰를 할 때 나머지 팀원은 사진과 동영상으로 현장을 기록했다. 자칫 어색해질 수도 있는 분위기를 막기 위해 적절한 호응을 보였고, 궁금한 점이 생기면 질문도 했다. 자신의 꿈만큼이나 친구의 꿈에 대해서도 관심을 갖고 알아 가는 시간이었다.

"엄청 큰 병원인데 구석구석 다 구경시켜 주시고, 친절하게 설명해 주셔서 좋았어요. 간호사가 되려면 공부를 아주 열심히 해야 한대요. 그런데 문제는 간호사가 되고 나서도 공부를 계속해야 한다는 거예요. 더 열심히요! 그 말을 듣고 좀 혼란스러웠어요. 꿈을 이루고도 또 공부를 해야 한다니…… 하지만 제 꿈은 변함없어요. 간호사가 되면 꼭 해외로 의료 봉사 활동을 갈 거예요. 가난해서 제때 치료받지 못하는 아이들을 돕고 싶어요." _이주희

도심에서 푸른 바다를 만나다

서울에서의 인터뷰 일정을 모두 마치고 마지막으로 찾은 곳은 제2롯데월드 아쿠아리움. 꿈을 찾아가는 여정만으로도 꽉 찬 하루

제2롯데월드 아쿠아리움

였지만, 서울의 관광 명소 한 군데 들르지 않고 하루를 끝마칠 순 없었다. 온종일 뜨거운 태양 아래 도심을 헤집고 다니다가 고층 빌딩 지하에서 만난 '푸른 바다'는 그야말로 신세계였다. 팀원들이 첫손에 꼽는 여행 첫날의 힐링 포인트는 두말할 것도 없이 아쿠아리움이었다.

> 친구들과 같이 다닐 땐 시간이 휙휙 지나갔는데, 혼자 호텔 방 안에 누워 있으니 시간이 천천히 흘러가더라고요. 마치 1초가 1분처럼 느껴질 정도였는데, 무척 편안하고 좋았어요. 피곤했지만 텔레비전도 보고, 혼자만의 휴식을 즐기다 잤죠. 아, 처음에 방문 열고 들어갈 땐 좀 무서웠어요. 대부분의 호텔은 문 옆에 카드 키를 꽂으면 방 불이 들어오잖아요? 그런데 여긴 세 발자국쯤 걸어 들어가 벽면에 있는 스위치를 눌러야 불이 켜지더라고요. 캄캄한 방에 들어가는 게 무서워서, 발 한쪽은 열린 문에 걸쳐 놓고 몸이랑 팔을 쭉 뻗어 더듬더듬 불을 켠 다음에야 문을 닫고 들어갈 수 있었어요. _정준혁

dream_team

좋아요 32개

예약한 숙소는 종로3가역에서 걸어서 3분 거리에 있었다. 종로3가역이 지하철 1·3·5호선 모두 이용할 수 있는 역이다 보니, 주로 지하철을 이동 수단으로 삼은 드림 팀에게는 숙소 위치가 신의 한 수였던 셈.

하루를 꽉 채운 일정이었기에 밤 10시가 다 되어서야 겨우 숙소에 들어갈 수 있었고, 다들 피곤했는지 씻자마자 그대로 곯아떨어졌다. 얼마나 깊은 꿀잠에 빠졌던지, 저녁으로 먹은 일본라멘 때문에 배탈이 나 화장실깨나 들락거렸던 아이들도 아침까지 코를 골며 잤다.

낯선 도시의 호텔 방에서 여행자다운 감상에 빠져든 건 준혁이뿐이었다. 아들 3형제 중 둘째인 준혁이는 자기만의 방을 가져 본 적이 없고, 여행 중 혼자 객실을 쓴 것도 당연히 처음이었다.

#배탈마저극복한꿀잠 #나홀로방에 #그방만이내세상 #불좀켜고들어갈게요

차이나타운 관광은 짜장면 맛집부터!

둘째 날의 여행지는 인천. 준혁이의 꿈을 찾아 방문하게 된 도시였다.

인천 송월동 동화마을

인천에 도착해 가장 먼저 찾은 곳은 역에서 걸어서 10분 남짓한 거리에 있는 송월동 동화마을과 차이나타운. 이름처럼 동화를 주제로 조성된 동화마을엔 익숙한 동화 속 주인공들이 담벼락을 가득 채우고 있었다. 알록달록한 벽화를 배경 삼아 제법 마음에 드는 인증샷 몇 장을 건지고 차이나타운으로 향했다. 인천 속의 작은 중국을 느껴 보려고 간 곳이었으나, 무더운 여름 한낮에 중국식 건축물과 차이나타운의 역사는 하나도 눈에 들어오지 않았다. 팀원들의 최대 관심사는 방송에도 여러 번 나온 짜장면 맛집. 여행 계획을 세울 때부터 점찍어 두었던 맛집을 찾아 짜장면과 짬뽕, 탕수육을 시켰다. 아쉽게도, 맛있다고 소문이 자자했던 짬뽕은 그저 그랬다.

멘토가 들려준 우주 연구의 기본은?

중국집을 나와 다시 지하철을 타고 인하대역에 내렸다. 인하대학교에서는 준혁이가 섭외한 항공우주공학과 학생을 만났다. 우주 개발에 뜻을 품은 공학도는 천문학과는 다른 분야의 공부를 하고 있었지만, 천문학자를 꿈꾸는 준혁이와 우주라는 큰 범주 안에서 소통했다. 초등학생 때는 우주 비행사를 꿈꾸다가 중학교에 들어와서 천문학자의 꿈을 품게 된 준혁이는, 우주라는 큰 관심사 안

71

"형은 항공기나 인공위성 쪽을 연구하는 거라, 제가 공부하고 싶은 천문학과는 다른 분야였어요. 그래도 우주에 대한 이야기를 많이 들려줘서 재밌었어요. 그리고 지금 제가 해야 할 것도 알려 줬어요. 수학을 열심히 공부하래요. 우주에 대한 연구를 하려면 수학을 잘해야 한다고요." _정준혁

에서 앞으로 또 어떤 변주를 거쳐 새로운 꿈을 꾸게 될지 모를 일이다.

인천 여행의 마침표는 월미테마파크에서 찍었다. 하루 종일 비가 오락가락하는 궂은 날씨라 야외 놀이공원에 갈까 말까 고민했지만, 안 갔으면 후회할 뻔했다. 월미테마파크에 도착하자 날도 반짝 개고, 무엇보다 '꿀잼' 놀이 기구가 가득했기 때문이다. 특히 360도 회전하는 사이버루프와 바이킹의 스릴은 최고였다. '바이킹 좀 탄다'는 강심장 지원이도 연신 "살려 주세요!"를 외쳤다.

서울의 밤거리를 친구들과 걷고 있다는 것도 신기했고요, 치킨도 맛있었고요. 무슨 말을 해도 재밌어서 엄청 웃고 떠들고 먹었어요. 잠자기 전에 과식하면 숙면을 하지 못한다는데 웬걸, 다들 숙소에 들어가자마자 곯아떨어졌어요. _박지현

dream_team

좋아요 27개

놀이공원에서 에너지를 몽땅 써 버린 탓인지, 저녁을 먹었는데도 잠이 오지 않을 만큼 출출했다. 야식 메뉴를 고르던 중 누군가 내일이 말복이라 말했고, 말복 전야는 당연히 '치느님'과 함께해야 한다는 의견이 나왔다. 비가 다시 내리고 있어 아이들은 모두 우비를 뒤집어쓰고 종로 거리로 나갔다. 그러고는 숙소에서 가장 가까운 치킨집에 들어가 씩씩하게 1인 1닭씩 해치웠다. 친구들과 함께한 여름밤의 빗속 산책, 아니 말복 전야제는 2박 3일 여정 중 가장 고소하고 기름진 추억으로 남았다.
#말복전야 #여름밤은치느님과함께하드래여 #1인1닭 #7인의우비소년소녀

장구잡이 소녀, 명창을 만나다

여행 마지막 날 아침. 이틀 동안 묵었던 정든 숙소를 나와 동서
울터미널로 이동했다. 오늘은 지현이의 꿈을 찾아 충주로 가는
날. 초등학교 때부터 장구채를 잡은 지현이의 꿈은 농악인이다.
지현이가 풍물을 처음 배운 명주초등학교 사물놀이부 '신명누리'
는 '세계 사물놀이 겨루기 한마당'에서 초등부 1등을 차지할 만큼
실력을 인정받은 팀이다. 지현이는 같은 중학교에 진학한 신명누
리 친구들과 교내 사물놀이부에서 여전히 함께 호흡을 맞추며 학
교 안팎의 숱한 축제 무대에서 신명 나는 가락과 장단을 선보이고
있다.

준혁이도 지현이와 같은 사물놀이부에서 꽹과리를 친다. 준혁이
는 중학교에 와서 처음 쇠를 잡은 까닭에 풍물 이력은 짧지만, 감
이 좋아 금방 배우고 신나게 잘 친다.

지현이가 섭외한 권재은 명창은 전통국악연구회 소리마을 대표
로, 얼마 전에 산들바다지역아동센터에 강강술래를 가르쳐 주러
오셨던 분이기도 하다. 그때 지현이는 명창 옆에서 장구 도우미를
했다. 깊은 산골에 고즈넉이 자리한 명창의 집으로 가는 길은 쉽지
않았다. 버스 종점에 내려 거의 산 하나를 넘어
야 했다. 하염없이 걷고 또 걸었는데, 터미널에
서 사 온 빵과 물이 없었다면 다들 지열이 펄펄
끓는 길 위에 주저앉아 영영 못 일어날 뻔했다.

각종 스피커와 LP판, CD로 빼곡한 명창의 집
은 마치 소리 박물관 같았다. 명창이 목을 보호

"소리꾼이 가수라면 풍물패는 연주자잖아요. 판소리는 제
꿈과 조금 다른 분야지만, 소리를 알면 장구를 치는 데에도
도움이 될 거라고 말씀하셨어요. 소리꾼 옆엔 항상 고수가
있어야 하듯, 둘을 떨어뜨려 생각할 수 없다는 걸 선생님께
배웠어요. 한평생 소리꾼으로 살아온 이야기도 들려주시고,
소리든 악기든 연습이 얼마나 중요한지도 강조하셨어요."
_박지현

하기 위해 즐긴다는 보이차를 함께 마시며 진행한 인터뷰는 즉석 판소리 공연으로 마무리됐다. 열네 살 장구잡이 소녀와 50년 소리 외길을 걸어온 명창은 국악이란 큰 틀 안에서 소통했다.

명창의 집을 나와 충주의 명소인 탄금대를 둘러봤다. 탄금대는 신라 진흥왕 때 우륵이 가야금을 연주하던 곳으로, 경치가 매우 좋기로 유명하다. 나무가 우거져 깊은 그늘을 드리운 탄금대 산책로는 2박 3일간 걸었던 길 중에서 가장 쾌적한 길이었다. 산과 들과 바다가 있는 도시, 강릉에서 온 아이들에겐 오랜만에 편안함을 느낄 수 있는 시간이기도 했다.

처음엔 쉬울 줄 알았어요. 일곱 명이니까 1층에 네 명, 2층에 두 명, 3층에 한 명이 올라가면 되겠다며 바로 실행에 옮겼죠. 그런데 머릿속으로 그린 설계도처럼 간단치가 않더라고요. 2층에 올라간 애들이 생각보다 무거웠거든요. 그 애들더러 1층을 하라고 옥신각신하다가 결국 몸무게 논쟁으로 불붙기도 했죠. 그래도 어쨌든 인증샷은 성공했어요.
_정준혁

dream_team

좋아요 37개

충주 여행의 마지막 코스로 들른 중앙탑사적공원. 충주의 상징물로 통하는 통일신라 시대 사적 앞에서 특별한 인증샷을 찍기 위해, 아이들은 인간 탑 쌓기 퍼포먼스에 도전했다. 엄청 공을 들이고도 인간 탑은 쌓자마자 번번이 무너지고 말았다. 그래도 중앙탑을 배경 삼아 일곱 명이 연출한 사진은 일명 '드림 탑'으로 남았다.
#한반도의중심 #인간탑쌓기 #드림탑 #이몸무게실화냐 #다이어트각

여행 중 가장 좋았던 순간은?

메이크업 학원 원장님에게 메이크업 시연을 받았을 때. 내가 꿈꾸는 미래에 도달한 분을 만났다는 게 제일 좋았다. _최정아

병원 체험도 좋긴 했는데……. 이 질문을 받자마자 바로 생각나는 건 하루 일정을 마치고 돌아와 샤워를 하고 침대에 눕던 순간! 몸이 사르르 녹으면서 그날의 피곤이 다 사라지는 것 같았다. _이주희

인천 차이나타운을 구경한 다음 인하대까지 전철을 타고 갔는데, 우리 일곱 명이 자리 잡은 칸에 승객이 아무도 없었다. 전철 한 칸을 몽땅 차지한 것을 기념해 기념사진을 찍었다. 생각해 보면 별거 아닌데, 그 순간이 되게 좋았다. _박지현

역시 숙소가 제일 기억에 남는다. 방에 들어가 문을 닫는 순간, 완벽한 내 세상이 됐다. _정준혁

충주 중앙탑을 보고 나서 에어컨 빵빵하게 틀어 놓은 카페에 들어가 시원한 음료수를 마셨을 때! 인생샷 명소로 소문난 카페답게 무척 예뻤다. 진짜 힐링 포인트였다. _김정희

명창의 집을 찾아 산길을 오르던 때. 다들 엄청 힘들었을 텐데 아무 말이나 막 던지며 농담도 주고받으면서 실컷 웃었다. 충주 하늘이 진짜 파랗고 예뻤는데, 그 하늘이랑 친구들이 웃던 모습이 떠오른다. _이은선

여행 준비도 여행의 한 과정이라면, 여행 지원 공모전에 붙었다는 통보를 받았을 때 가장 기뻤다. 우리가 준비한 기획안으로 여행을 가게 됐으니까. _이지원

여행을 떠나기 전 팀 깃발을 만드는 드림 팀원들

어서 와, 무인도는 처음이지?

인적 없는 외딴 해변에 '정글의 아이들' 깃발을 꽂고 시작한 2박 3일간의 무인도 라이프.

자유를 꿈꾸는 다섯 소년의 무인도 생존기를 요약하자면, 다음 한 줄로도 충분하다.

'집을 짓고, 불을 피우고, 밥을 지어 먹었노라.'

쉴 새 없이 장작을 구해 온 친구와 묵묵히 불을 피운 친구,

밤새 불을 지킨 친구 덕분에

삼시 세끼 잘 먹고 따뜻하게 잠들 수 있었다.

함께 희망의 불씨를 지켜 낸 시간이었다.

여행명 '정글의 아이들(이하 정글)'. 풀어 쓰면 '정글의 법칙을 꿈꾸는 세상을 품은 아이들' 쯤 되겠다. 이들은 사회로부터 소외된 아이들의 치유와 자립을 돕는 청소년 공동체 '세상을 품은 아이들(이하 세품아)'에서 서로 알게 됐다. 세품아에 머무르는 기간은 아이들마다 다르지만, 적어도 한 계절 이상 식구처럼 지내며 치유와 자립의 여정을 함께한다.

무인도를 찾아서

여행을 간다면 어디로 가고 싶은지, 어떤 여행을 꿈꾸는지 등 여행에 대한 각자의 소망을 가볍게 나누는 자리였다. 그 자리에서 세품아 지도 교사 중 한 분이 자신의 무인도 체험담을 들려줬고, 이에 몇몇 아이들이 단박에 눈빛을 반짝이며 들썩였다. "우리도 무인도 가서 〈정글의 법칙〉 한 편 찍고 오자!", "작살로 물고기를 잡을 수 있을까?", "달인 데리고 가면 좋을 텐데…….." 처음엔 농담처럼 시작됐으나 와글와글 설레며 꿈꾸다 보니, 어느덧 무인도 탐험대가 꾸려졌다.

정글 팀원들이 찾은 무인도는 경기도 화성시 전곡항에서 한 시간 남짓 배를 타고 들어가는 '입파도'란 섬이다. 몇 가구 되진 않아도 엄연히 주민이 거주하고 선착장 근처에 민박과 식당까지 있으니, 글자 그대로의 무인도(無人島)는 아니다. 하지만 선착장 반대편으로 야트막한 산을 하나 넘어가면 무인도라 해도 믿을 법한 외딴 해변이 길게 펼쳐진다. 밤이 되면 민가의 불빛 한 점 보이지 않는, 그래서 별빛이 더욱 환한 바닷가다.

왜 무인도에 끌렸을까?

자유로울 거 같아서, 자유를 찾고 싶어서, 자유를 누리고 싶어

17세 정현수 17세 최유진 18세 하진욱 18세 이윤우 18세 김성훈 (정글 팀원들 이름은 가명)

서……. '왜 나는 무인도를 꿈꾸는가?'라는 질문에 대한 정글 팀원들의 답변은 이처럼 '자유'의 돌림노래와도 같았다. 자유에 대한 그 같은 갈망은 보호관찰 처분을 받고 있는 지금의 상황 때문이기도 하겠지만, 살아온 내력부터 자유와는 거리가 멀기 때문이었다. '내 인생에서 야생은 어디였나?'라는 질문에 '중학생 때 아무도 없는 집'이라고 적어 낸 윤우처럼, '아빠랑 형이랑 나랑 살 때'라고 적어 낸 현수처럼. 가장 아늑해야 할 가정에서조차 보호받지 못했던 아이들은 자유롭게 자신을 표현하고 꿈꿀 기회가 없었다. 그렇게 상처받은 마음들이 아프고 두렵고 따분한 현실의 대척점이라도 되는 양 무인도를 향해 뻗어 나갔다.

무인도에 갈 때 가져가야 할 것은?

'미지의 섬'을 만나기 위해 입파도에 대한 사전 학습은 과감히 생략했다. 아울러 무인도를 무인도답게 누리기 위해 최소한의 생존 장비만 가져가는 것을 원칙으로 삼았다. 텐트와 침낭, 식량과 코펠을 제외하면 장비라고는 삽, 랜턴, 낚싯대, 파이어 스틱뿐. 하지만 막상 섬에서는 "아, 그걸 챙겼어야 했는데……."라고 거의 매순간 탄식을 자아낸 물품 두 가지가 있었으니, 땔감을 돌로 찍어 쪼갤 때 필요했던 톱과 밤새 모기에 시달리며 아쉬워했던 모기향이다.

'정글의 아이들' 깃발

머릿속의 무인도는 지워라!

뱃길 따라 하얗게 부서지는 물거품과 시원한 바닷바람, 새우깡을 쫓아 내내 함께 항해를 한 갈매기 떼. 배가 바닷길을 가르며 달리는 40분 남짓, 팀원들은 해적 깃발처럼 디자인한 '정글의 아이들' 깃발을 펼쳐 카메라 앞에서 포즈도 잡고, 새우깡으로 갈매기와 교감하며 여행길의 설렘을 한껏 만끽했다. 그때까지만 해도 팀원들 머릿속의 무인도는 에메랄드빛 바다와 눈부신 백사장, 알록달록한 물고기들이 노니는 파라다이스였으니, 배에서 내리자마자 어떤 고난이 펼쳐질지 아무도 짐작하지 못했다.

입파도 선착장에 내려 마주한 첫 풍경은 여느 작은 어촌과 다를 바 없었다. 무인도가 아니라는 것은 처음부터 알고 있었지만 너무나 현실적인 풍경 앞에 살짝 김이 빠질 찰나, 곧바로 행군이 시작됐다. 오로지 하늘과 바다와 모래뿐인 외딴 바닷가에 베이스캠프를 세우기 위해 산 하나를 넘어야 했다.

때는 한여름으로 치닫기 시작한 6월 중순. 한껏 달구어진 뙤약볕 아래를 걷기엔 어깨에 짊어진 배낭의 무게가 어마어마했다. 1인당 2리터짜리 생수 대여섯 병은 기본이고, 여기에 2박 3일치 식량과 장작 10킬로그램, 텐트와 침낭, 아이스박스 등을 나눠 짊어지고 30분 넘게 산길을 걸었으니, 그야말로 완전 군장 행군이었다.

입파도로 가는 배 위에서

"진짜 힘들었어요. 잠깐 쉬려고 주저앉았는데, 가방 무게 때문에 뒤로 벌렁 자빠질 정도였어요. 제가 고성에서 포항까지 자전거 종주도 해 봤지만, 그때만큼이나 힘들더라고요."
_정현수

제 집은 제가 짓는다는 원칙 아래 웃통을 벗어젖히고 달려든 정글 팀원들 덕분에, 바다를 전망할 수 있는 텐트 세 동이 순식간에 지어졌다. 집 짓기가 끝났다고 해서 한숨 돌릴 겨를은 없었다. 장작 한 꾸러미를 준비하긴 했으나 그건 비상용이었기에, 일단 땔감부터 구하러 섬 탐험에 나서야 했다.

잡목 숲을 헤치며 부러진 나뭇가지를 줍는 게 다였지만, 이따금 모래밭에 반쯤 파묻힌 왕거니를 건지기도 했다. 뿌리째 뽑힌 나무 한 그루를 발견하여 그 길쭉한 통나무를 어깨에 짊어지고 나타난 진욱이와 성훈이의 의기양양한 태도는 마치 들소 한 마리쯤 사냥해 온 족장과 부족장 같았다. 그러나 문제는 통나무를 쪼갤 만한 '연장'이 없다는 것.

"연장이라고는 맥가이버칼 속에 들어 있는 손가락 길이만 한 작은 톱밖에 없었거든요. 그걸로 나무를 잘라 보겠다고 덤볐는데, 나무 표면에 흠집만 내고 마는 정도였어요. 언제 이걸 자르나 싶어 기운이 쭉 빠지더라고요. 한쪽 면이 날카로운 돌을 주워 와 도끼날 삼아 내려찍어 보니 나무가 쪼개지긴 했어요. 톱이 있으면 더 좋았겠지만, 돌도끼로도 되긴 되더라고요." _김성훈

무인도의 하루는 쏜살같이 흐른다

텐트 치고 장작 구해 불 지핀 것밖에 한 일이 없는데, 어느덧 저녁밥을 먹을 시간이었다. 쌀을 씻어 냄비에 안치고 돼지고기를 듬뿍 넣어 김치찌개를 끓였다. 고기 반 김치 반의 비율은 나무랄 데가 없었건만 어쩐지 허전한 국물 맛에 다들 고개를 갸웃갸웃할 때쯤, 주방 보조와 기미상궁을 담당한 윤우의 제안으로 첨가한 라면 수프는 명불허전, 신의 한수였다. 김치찌개로 30년 외길을 걸어온 맛집 같은 풍미로 완성된 것. 새삼 MSG 신공에 감탄하며 큰 냄비 가득 끓인 찌개를 말끔히 비웠다.

무인도의 밤은 캄캄했다. 그러니 누가 오라 하지 않아도 모닥불 옆에 둘러앉는 것밖엔 달리 할

MSG 신공으로 풍미가 살아난 김치찌개

"특별히 한 것도 없는데 그냥 좋았어요. 부채질로 바람을 일으켜 맞은편에 앉은 친구에게 연기를 몰아주거나 불티가 날리는 걸 보며 웃고 떠들었어요. 한밤중엔 또 배가 출출해 전투 식량을 뜯어 먹기도 했고요. 낮 동안 내내 햇볕에 덥혀져 따로 데우지 않아도 바로 먹을 수 있더라고요. 과자 같은 건 가져가지 않기로 해서 에너지 바 말고는 간식이랄 게 따로 없었거든요. 생라면 부숴 먹고, 전투 식량 먹고, 주식을 간식 삼아 먹다 보니 가져간 식량을 다 먹고 왔어요." _최유진

일이 없었다. 섬 모기가 극성을 부렸지만 텐트 안에 들어간다고 형편이 나을 것도 아니라, 다들 불 앞에 모여 앉아 노닥거리며 장난도 치고 간식도 먹었다.

가장 늦게까지 모닥불을 지키며 잠들지 못했던 유진이는 한밤중에도 나뭇가지를 주워 와 불씨를 살려 놓고서야 잠을 청했다. 불 지킴이 유진이 덕에 윤우와 성훈이는 침낭을 '탈출'할 만큼 후끈한 밤을 보낼 수 있었다.

실전! 무인도 라이프 ❶ **무인도 화장실 건축학개론과 화장실 사용 에티켓**

1. 텐트로부터 멀리 떨어진 해변에 구덩이를 판다. 이렇게 파도 되나 싶을 만큼 꽤 깊게 판다. 땅을 파던 삽을 구덩이 옆에 푹 꽂아 둔다. 그 옆에 나뭇가지를 꽂고 두루마리 화장지를 살포시 걸어 둔다.

2. 구덩이를 중심에 두고 쪼그려 앉기 자세로 앉는다. 바다를 바라보고 앉아도 좋고, 숲을 바라보고 앉아도 좋다. 전망 선택은 자유. 단, 발이 구덩이에 빠지지 않도록 두 발의 간격에 신경 쓸 것.

3. 볼일을 마친 다음 삽을 든다. 주변의 모래를 한 삽 퍼서 구덩이에 남긴 자신의 흔적을 덮는다. 구덩이를 다 메울 정도로 두텁게 덮으면 안 되지만, 뒷사람이 볼일을 볼 때 불쾌하지 않을 정도로 덮는다.

본격 야생 체험은 바다낚시!

난데없이 텐트를 옮기며 시작된 무인도의 둘째 날 아침. 텐트 밖에서 잠들었던 윤우는 귓전에서 철썩이는 파도 소리에 잠을 깼다. 간밤엔 분명 저만치 떨어진 바다였는데, 바로 코앞까지 바닷물이 밀려와 있었다. 바닷물이 조금만 더 밀려오면 텐트까지 잠길 판이었다. 윤우는 잠깐 바다와 텐트 사이의 거리를 가늠해 보다가, 서둘러 친구들을 깨웠다.

바닷물을 피해 텐트를 옮기고 나서 아침 식사 담당을 뺀 나머지 아이들은 눈곱 뗄 짬도 없이 또 장작을 구하러 나갔다. 밥을 짓고 몸을 덥히고 어둠을 밝히느라 장작은 끝도 없이 필요했다.

아침을 먹고 나서 진욱이와 성훈이는 야심 차게 갯바위 낚시를 나갔다. 바다낚시는 무인도 여행에 대한 아이들의 기대감 중 꽤 큰 부분을 차지했던 항목이다. 더욱이 입파도는 낚시꾼들이 즐겨 찾는 섬이기도 했다. 아이들은 어떤 물고기가 주로 잡히는지도 모르면서, 그저 바다에 낚싯대를 드리우고 앉아 있으면 뭐든 낚일 줄 알았다. 그러나 낚싯대를 바다에 던져 넣는 족족 낚싯바늘이 바위에 걸리는 통에 애꿎은 낚싯줄만 죄다 끊어 먹고 말았다. 결국 망가진 낚싯대만 들고 캠프로 돌아올 수밖에 없었다.

투명한 바닷물 속에서 알록달록한 열대어가 노니는 풍경은 남태평양 어드메의 풍경임을, 지금 여기는 너른 갯벌이 펼쳐진 대한민국의 서해 바다임을 정글 멤버들은 뒤늦게 깨달았다. 상상과는 달랐던 무인도의 현실은 대부분 이런 것들이었다. 눈부신 백사장?

"일어나자마자 장작부터 구하러 갔어요. 불 피워 아침밥 해 먹고, 낚시랑 수영 조금 하다 보니 금세 점심 먹을 시간이 되더라고요. 또 장작 구하러 갔죠. 그다음도 똑같아요. 불 피우고, 밥하고, 장작 구하러 가고……. 원래는 섬 트레킹도 일정에 넣었는데, 장작 구하러 다니다 보니 섬을 구석구석 돌게 되어 따로 트레킹 시간을 가질 필요도 없었어요." _하진욱

"지나가는 배가 일으킨 파도 때문에 바다에 빠질 뻔했어요. 갑자기 파도가 훅 덮치더라고요. 원래 물안경 쓰고 바닷속에 들어가서 낙지나 문어 같은 걸 잡고 싶었는데……. 수영하며 보니 흙탕물처럼 뿌옇기만 하고 아무것도 안 보였어요."_김성훈

"돌판에 구워 그런지 진짜 맛있었어요. 지금까지 먹어 본 삼겹살이나 목살 중 최고!"_정현수

아니, 검은 자갈과 갯벌. 바다에서 금방 낚아 올린 생선으로 조리한 매운탕 또는 생선구이? 아니, 가게에서 사 온 전투 식량과 라면.

비록 수렵 활동은 실패했으나 준비해 온 삼겹살이 있었다. 삼겹살을 맛있게 굽기 위해 먼저 돌판부터 불에 올렸다. 장작을 구하러 다니다가 우연히 발견한 돌덩이였다. 마치 삼겹살을 구우라고 자연이 내려 준 듯, 평평하고 납작한 모양새가 고기 불판으로 딱 맞았다.

무인도 라이프, 이틀 만에 진화하다

돌도끼에 이어 구이용 돌판까지, 입파도의 석기 시대 굿즈는 무인도 라이프를 윤택하게 만든 일등 공신이었다. 알고 보면 정글 팀원들 모두가 석기 시대 굿즈 못지않게 제 몫을 톡톡히 해냈다. 성훈이가 장작을 구하는 데 누구보다 열심이었다면, 진욱이는 불을 피우는 데 앞장섰다. 냄비 밥과 김치찌개, 돌판구이 삼겹살까지,

윤우는 식사 담당으로서 실력 발휘를 제대로 했다. 텐트 치는 데 놀라운 솜씨를 보여 준 유진, 모두 마다하는 정체불명의 조개류를 불에 구워 먹고 바다 수영을 즐기며 무인도의 낭만을 기꺼이 즐긴 현수까지, 다섯 명의 아이들은 저마다의 캐릭터로 그들만의 섬과 바다에 녹아들었다.

무인도의 마지막 밤, 아이들은 쉬이 잠들지 못했다. 지난밤에 그랬듯이 모닥불 가에 모여 앉아 타닥타닥 타들어 가는 장작을 바라보았다. 아무도 먼저 자리를 뜨지 않았다. 하릴없이 불만 바라보고 있자니 불장난도 차츰 진화했다. 나뭇가지 끝에 바셀린을 발라 불을 붙이자 작은 횃불처럼 타올랐던 것. 나뭇가지 횃불을 모래사장에 죽 꽂아 마치 촛불 이벤트를 벌이는 연인들처럼 횃불 길을 만들고, 그 사이에서 모두 함께 뛰어놀았다. 그 단순한 놀이 하나로 밤이 이슥하도록 내내 웃고 또 웃었다.

실전! 무인도 라이프 ❷ **무인도 목욕탕 사용 설명서**

1. 땀이 나면 바다에 들어간다.
   첨벙거린다.
   수영과 샤워를 한 번에 해결!

2. 젖은 몸을
   햇볕에 말린다.

3. 몸에 남은 소금기는 손으로 툭툭 털어 낸다. 소금기가 얼굴에 남아 따가우면 생수병을 높이 치켜들고 얼굴에 반쯤 물을 흘리며 터프하게 마신다. 갈증을 해소하는 동시에, 피부에 양보한 수분으로 고양이 세수를 꾀할 수 있다.

누군가와 같이 이겨 낸 순간으로 남다

물이 빠지는 시간을 잘 맞추면 산을 넘지 않고도 선착장까지 닿는 지름길이 나온다. 그 시간에 맞추느라 아침 일찍 일어나 짐을 꾸렸다. 생수와 식량, 장작을 다 쓰고 가는 바람에 섬에 들어올 때보다는 짐이 한결 가벼워졌다. 베이스캠프를 철수한 자리는 말끔히 치웠다. 흔적을 남기지 않고 떠나는 것은 무인도 여행의 마지막 미션이다.

이틀 전 전곡항에서 입파도행 배를 탈 땐 아무도 뒤돌아보지 않았건만, 입파도 선착장에서 전곡항행 배를 타고서는 일제히 뒤돌아 방금 전에 떠나 온 섬을 바라봤다. 입파도가 점점 멀어져 한 점으로 보일 때까지, 아이들은 문득문득 고개를 돌려 섬을 쳐다보곤 했다.

이 여행을 시작하기 전, 무인도를 꿈꾸는 이유로 팀원들이 적어 낸 답변엔 '자유' 말고도 이런 이야기들이 있었다.

'혼자 이기는 거 말고, 누군가와 같이 이겨 내고 싶어서.'

'힘들 때 꺼내 볼 수 있는 즐거운 추억 하나 갖고 싶어서.'

'다시, 새롭게 시작하고 싶어서.'

 마지막 날 밤에 잔잔한 노래를 들으며 모닥불을 지키던 때가 기억에 남는다. 이것저것 생각도 많이 하고, 별도 보고, 고독도 즐기고……. 이번 무인도 여행을 생각하면 그 상황, 그 분위기가 가장 먼저 떠오른다. _이윤우

 배려심과 생존법을 배웠다. 저마다 자신만의 장점을 발휘해 협력하고 살아남았다! _최유진

낚시가 굉장히 어렵고 고독한 싸움이라는 것을 깨달았다. _하진욱

물고기를 한 마리도 못 잡아 아쉽다. 바다를 옆에 두고 해산물 한번 못 먹었다. 돌아오는 배에서 만난 어떤 낚시꾼 아저씨 말로는 돌을 들추면 그 밑에 낙지가 그렇게 많다는데, 우린 그걸 몰랐다. _김성훈

백두대간 종주? 백두산을 가야 진짜지!

등산은 부모님의 취미로만 여겼던 10대들이

산의 매력을 알아 버렸다.

설악산. 소백산. 지리산 등 백두대간의 남쪽 줄기를 종주하고부터이다.

백두대간은 백두산에서 지리산까지 이어지는 한반도의 가장 크고 긴 산줄기를 이르는 말이다.

한반도 지도를 펼쳐 놓고 강물처럼 흐르는 산맥을

손끝으로 더듬어 올라가면 끝내 백두산에 닿으니······.

백두대간의 절대 뿌리를 찾아가는 백두원정대의 여행은 그렇게 시작됐다.

중학교 2학년부터 고등학교 3학년까지 여섯 명의 남학생들로만 구성된 백두원정대는 안산에 사는 10대 청소년이란 공통점 외에 '아지트스콜레'라는 연결 고리로 이어져 있다. 아지트스콜레는 경기도 안산에 있는 비영리 단체 '기부이펙트'에서 운영하는 방과 후 대안 학교이다. 총 4개월 과정으로 운영되며, 입학 여행으로 백두대간 등반에 도전한다. 백두원정대 여섯 명은 이 대안 학교를 이수한 학생들로, 시기는 다르지만 설악산, 소백산, 지리산 중 한 곳 이상을 종주했다.

왜 백두산을 꿈꿨을까?

2017년 봄, 아지트스콜레 페이스북에 청소년을 대상으로 한 여행 공모전 '길 위의 희망 찾기' 정보가 떴다. 이 소식은 아지트스콜레를 다니거나 이미 교육 과정을 이수한 10대들에게 퍼져 나갔고, 곧 건희를 비롯한 여섯 명이 도전 의사를 밝혔다. 여행 멤버가 확정되기도 전에 벌써 여행지부터 결정되었는데, 누군가 공모전 요강을 보며 "우리, 백두산 가면 좋겠다!"라고 이야기한 게 "백두산 갈 사람 모여라!"가 된 것. 백두원정대는 그 이름을 갖기 전부터 이미 백두산을 꿈꾼 아이들의 집합체였다.

백두대간의 남쪽 구간을 오르며 산행 이력을 쌓아 나간 이들 10대 여섯은 하나의 산줄기로 연결되어 있건만 휴전선에 가로막혀 닿을 수 없는 그곳, 백두대간의 북쪽 줄기가 궁금했다. 그중에서도 백두대간의 시작점인 백두산이 가장 궁금했다. 백두대간을 종주하려면 당연히 백두산을 가야 했다.

백두대간의 뿌리를 찾아서

백두산 때문에 시작된 여행인 만큼 백두산 탐방로* 중 북파 코스와 서파 코스 트레킹에 각각 하루씩을 배정했다. 이틀은 연길, 도문, 용정 등 연변조선족자치주를 돌아보기로 했다. 백두대간의 뿌

◆ 백두산 탐방로
백두산 탐방로는 크게 북파, 서파, 남파, 동파 코스로 나뉜다. 이 중 북파, 서파, 남파는 중국을 통해 오르는 길이다. 북한에서는 동파 코스로 천지에 오른다. 파(坡)는 한자로 언덕이나 고개를 뜻한다.

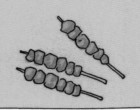

리를 찾아가는 백두원정대의 여정에 조선족과 북·중 접경 지역은 민족과 분단 현실이란 맥락에서 중요한 키워드가 될 터였다.

여행을 떠나기 전 5월부터 8월까지 매주 토요일에 모여 여행을 준비했다. 백두산 탐방로는 물론 방문하는 도시와 관련된 정보를 모으고, 숙소와 교통편을 검색했다. 팀을 둘로 나눠 한 팀은 숙소를 예약하고 맛집 정보를 찾았다. 다른 한 팀은 교통편 예약을 맡았다.

항공권, 기차표, 호텔 예약은 이를 한꺼번에 둘러볼 수 있는 중국 여행 전문 사이트를 이용했다. 최저가를 찾되 전체 일정과 동선을 고려해야 해서 골머리를 앓았다. 숙소는 이용 후기까지 샅샅이 확인하며 골랐지만, 맛집은 블로그 검색을 해도 정보가 많지 않아 현장에서 찾아보기로 하고 일단락 지었다.

중국어를 전공하고 중국 유학을 다녀오기도 한 아지트스콜레 선생님을 모시고 중국어 기초 회화 수업도 두 차례 가졌다. 그러나 여행지에서 써 본 말은 '처쒀(화장실)'와 '피아오량(아름답다)' 두 마디뿐이었는데, 정작 화장실이 다급한 순간엔 '처쒀'도 통하지 않았다. 아무리 '처쒀'를 외쳐도 현지인들이 못 알아듣는 바람에 할 수 없이 마임 수준의 몸짓 언어를 써야 했다. 하지만 '피아오량'의 마법은 언제 어디서나 100퍼센트 통했다.

'키 재기 굴욕 사건'으로 치른 입국 신고식

첫날은 오직 연길 도착을 목표로 비행기-버스-기차-택시를 차례로 갈아타며 길 위에서 하루를 보냈다. 인천공항에서 심양공항까지는 두 시간이 채 안 되는 짧은 비행이었지만, 심양에서 연길까지는 고속 열차를 타고도 네 시간을 달렸다.

심양역에서 중국의 독특한 교통 요금 체계를 몸소 체험할 수 있었다. 성인과 어린이를 가름하는 기준이 나이가 아니라 '키 150센티미터'였던 것. 기차표를 예매한 중국 여행 전문 사이트에서도 알려 주지 않은 이 기준 때문에, 아직 만 14세가 안 되어 어린이 요금으로 할인을 받아 표를 산 건희, 태희, 용규 셋이 문제가 됐다.

역무원이 어린이용 기차표를 가진 건희와 태희를 쓱 훑어보더니 갑자기 둘을 어디론가 데려갔다. 말도 통하지 않는 데다가 무뚝뚝해 보이는 역무원에게 '연행'된 둘은 기차역 한쪽 벽면에 그려진 눈금자에 등을 대고 키를 재게 되었다. 역무원은 둘 다 150센티미터가 넘는다며 성인 요금에 맞춰 추가 요금을 내야 한다고 했다.

백두원정대는 이 사건을 '심양역 키 재기 굴욕'으로 이름 짓고 두고두고 150센티미터 논쟁을 벌였다. 이를테면 이런 것이다. "유치원생도 150센티미터가 넘으면 성인 요금을 내야 할까?"

심양역

"역무원 아저씨들이 알아들을 수도 없는 중국어로 뭐라 뭐라 하면서 건희랑 태희를 데려가는데, 좀 무서웠어요. 우리가 일부러 어린이용 기차표를 끊은 것도 아니고, 여행 사이트에서 기차표를 예매할 때 여권에 있는 나이로 자동 할인 받았거든요. 그런데 갑자기 키를 재고 성인 요금을 내라고 하니 황당하더라고요. 저는 운 좋게 안 걸렸지만요. 역무원 아저씨들이 지나갈 때 작아 보이려고 몸을 잔뜩 웅크리고 앉아 있었거든요." _김용규 본격적인 백두산 여정이 시작될 다음 날을 위해 중국에서의 첫 날 밤은 먹고, 씻고, 바로 곯아떨어지는 것으로 마무리됐다. 연길 역에서 가까운 호텔을 예약했는데, 그 이름은 환락궁. 백두원정대 의 5박 6일 여정 중 최고의 숙소로 손꼽힌다. 비교적 깔끔한 시설 로 편안한 잠자리와 휴식을 제공해 '기쁠 환(歡), 즐거울 락(樂)'의 이름값을 톡톡히 해냈다.

★★★★★
대륙의 맛
생생 별점 리뷰

중국남방항공 기내식 ★★★☆☆
빵, 케이크, 요구르트, 견과류는 무난했으나
샐러드가 좀 먹기 힘들었다.

연길역 앞 소탕집 ★★★★☆
볶음밥과 볶음면은 무난했다. 신기한
게 두 음식을 같이 비벼 먹으니 간이
딱 맞았다. 돼지오돌뼈볶음이 특히
맛있었다.
단, 순대는 중국 특유의
향신료가 강해
먹기 힘들었다.

오늘의 베스트 멤버
김용규

어린이용 기차표를 끝까지 사수하다!

백두원정대 대표. 설악산, 소백산, 지리산 등 백 두대간 종주 경험 다수 보유. 스포츠·아웃도어 브랜드 옷을 즐겨 입는다. 키 150센티미터는 당 연히 넘고, 건희는 물론이고 동갑인 태희보다 크건만 끝까지 어린이용 기차표를 사수했다.

3대가 덕을 쌓아야 본다는 맑은 천지, 한 번에 보다!

둘째 날, 백두산 등정을 위해 아침 일찍 숙소를 나와 이도백하로 가는 버스를 탔다. 이도백하는 백두산 북쪽 비탈에 있어서 백두산에 오르는 기점이 되는 마을이다. 장거리 버스와 기차가 오갈 뿐 아니라 저렴한 가격의 숙소와 식당이 많아 여행자들의 쉼터 역할을 한다.

연길에서 이도백하까지 버스로 네 시간 남짓, 이도백하에서 북파산문 입구까지는 또 한 시간이 걸린다. 대륙의 광활한 땅덩어리를 실감하며 오전 내내 차를 타고 달렸건만 겨우 북파산문 입구에 이르렀고, 백두산 정상에 오르자면 또 버스와 지프차를 타야 했

백두산 북파 코스 탐방로

"설악산이나 지리산 등반과 비교하면 하나도 힘들 게 없었어요. 정상까지 차를 타고 올라가니까요. 편하긴 했는데 좀 아쉽기도 했어요. 힘들게 올라간 산이 기억에 많이 남거든요. 그래도 엄청 꼬불꼬불한 산길을 올라가는 차 안에서 커브를 돌 때마다 놀이 기구 탄 거처럼 막 소리 지르고 하면서 재밌었어요."_채운기

다. 먼저 북파산문 입구에서 순환버스를 타고 30분쯤 산길을 달렸다. 그다음에 환승 정류장에서 지프차로 갈아타고 가파른 산길을 20분쯤 더 달려 천지 입구에 도착했다. 정상까지 차로 가다 보니 운동화 끈을 바짝 묶기보다는 아슬아슬한 산길을 오르는 차 안에서 안전벨트를 꽉 묶는 게 더 중요했다.

날은 조금 흐렸지만 천지는 또렷이 제 모습을 드러냈다. 비구름과 안개가 자욱한 날은 볼 수 없다는데 다행이었다. 오죽하면 3대가 덕을 쌓아야 맑은 천지를 볼 수 있다는 말이 있을까. 백두원정대는 백두산 첫 산행에서 맑은 천지를 만난 행운에 감사했다. "와…….", "진짜…….",

"대박!" 경이로운 풍경과 마주한 소감은 두 글자를 넘기지 못했다.

　내려오는 길엔 천지의 물이 흘러들어 이루어진 장백폭포와 온천 지대를 둘러봤다. 높이 60미터의 웅장한 폭포는 마치 용이 날아가는 모습과 같다고 하여 '비룡폭포'라고도 불린다는데, 백두원정대의 눈길을 끈 건 웅장한 스케일의 폭포보다는 오히려 아주 조그만 다람쥐들이었다.

"장백폭포 보러 가는 길에 다람쥐가 엄청 많았어요. 흔히 다람쥐는 사람을 보면 무서워서 도망가는데, 백두산 다람쥐는 그냥 옆에 있어요. 중국 사람들은 과자도 주던데, 다람쥐가 그걸 또 받아먹어요. 관광객이 워낙 많이 오니까, 걔들도 이젠 사람이 익숙한가 봐요." _김용규

★★★★★
**대륙의 맛
생생 별점 리뷰**

장백폭포 인근 **백두산 온천수 계란** ★★★☆☆
우리가 흔히 먹는 삶은 달걀과 똑같은 맛이었지만,
온천수에 삶았다 하니 그냥 지나칠 수 없었다.
딱 먹기 좋은 반숙으로 삶아져 있었다.

이도백하 시내를 걷다 무작정 들어간 **이름 모를 식당** ★★★☆☆
첫날 맛있게 먹었던 돼지오돌뼈볶음을 주문했으나 고수 범벅이라
먹기 힘들었다. 하지만 새콤달콤하고 쫀득하면서 바삭한 꿔바로우(탕수육의 일종)
덕분에 행복한 식사였다. 역시 탕수육은 진리!

오늘의 베스트 멤버
한건희

백두산 정상에서 백두원정대 깃발을 펼치다

한태희의 친동생이자 백두원정대의 막둥이로, 시종일관 '형들에게 짐이 되고 싶지 않다'는 의지를 피력하다. 백두원정대 안에서의 공식적인 역할은 '팀 깃발 챙기기'. 비공식적으로는 '재롱둥이' 역할을 맡고 있다. 천지를 배경으로 깃발을 펼치고 단체 사진을 찍는 모험을 성공적으로 이끈 일등 공신. 후다닥 깃발을 펼치고 접는 데 엄청난 순발력과 스피드를 발휘했다. 그게 왜 모험이냐 하면, 백두산 정상에서 깃발을 펼치고 사진을 찍다 걸리면 중국 공안(경찰)에 끌려갈 수 있기 때문이다.

장백폭포 앞에서

산은 두 발로 걸어서 오르는 것이 진리!

서파 코스 역시 북파처럼 산문 입구에서 버스를 타고 한 시간쯤
달려 천지 입구에 내렸다. 서파 코스는 거기에서부터 언덕을 따라
하늘로 이어지는 듯한 1442개 계단을 올라야 천지를 볼 수 있다.
한 시간 남짓 계단을 오르며 보게 되는 드넓은
초지와 야생화 군락은 서파 코스의 즐거움 중 하
나이다. 두 발로 걸어서 산에 오르는 기분이 좋
았고, 이전에 가 봤던 산과는 완전히 다른 풍경
이어서 더 좋았다.

"처음 보는 벌레가 많았어요. 원래 산에 벌레가 많긴 하지만,
설악산이나 지리산에선 한 번도 보지 못한 신기한 벌레들이
계속 보이더라고요. 꽃도 굉장히 예뻤어요. 한여름에도 비
바람이 치면 엄청 추운 고지대인데, 어떻게 그런 곳에 꽃들
이 피는지 신기했어요."_곽영광

정상에 올라 북한과 중국의 경계를 나타내는 '37호 경계비'라는
작은 비석 앞에서 기념사진을 찍었다. 이 경계비는 올라온 방향에
서 보면 '중국 37', 반대편엔 '조선 37'이라 쓰여 있어서, 자연스레
관광객의 국적을 알 수 있다. 중국인 관광객은 중국 쪽에서, 한국

백두산 서파 코스 탐방로

북한과 중국의 경계를
나타내는 37호 경계비

오늘의 베스트 멤버
한태희

함께하면 든든한 가방 요정

백두원정대의 시크남. 표정과 말투는 언뜻 차
가워 보이지만, 가방 속은 따뜻한 남자. 배고플
땐 과자가 나오고, 목마를 땐 생수가 나오고, 추
울 땐 바람막이 점퍼가 나오는 요술 가방을 메
고 다닌다. 내 짐 네 짐 가리지 않고 살뜰히 챙
겨 넣은 태희의 요술 가방 덕분에 춥고 배고픈
순간을 잘 넘길 수 있었다.

인 관광객은 조선 쪽에서 사진을 찍기 때문이다. 백두원정대는 당
연히 조선 쪽에서 자세를 잡았다.

적당히 숨이 가쁠 만큼 걸어 올라갔기 때문인지, 아니면 어제보
다 날이 맑아 물빛이 더 푸르러서인지 서파에서 만난 천지는 북파
에서 본 것보다 근사했다. 가슴이 두근거릴 만큼.

이도백하 시내 **박씨개장램면관** ★★★☆☆

벌써부터 한식이 그리웠던 터라 비빔밥을 주문했으나 우리가 생각한 맛이 아니었다. 비빔밥엔 고추장이 중요하다는 걸 새삼 깨달았다. 다행히 이 집도 꿔바로우는 맛있었다.

백두산 서파 코스에서 바라본 천지

◆ 조선족

중국에 거주하는 한민족 혈통을 지닌 중국
국적의 주민들을 가리킨다. 중국 내 조선족은
200만 명 정도로 추산되며, 대부분 중국
동북삼성(요동성, 길림성, 흑룡강성)에
거주하고 있다. 19세기 중·후반에 경제적으로
어려움을 겪던 조선 사람들이 생계를 잇기 위해
만주(오늘날의 동북삼성)로 이주하면서 중국
영토 내에 조선인들이 모여 살게 되었다. 그 후
1910년 조선이 일본에 국권을 빼앗기게 되면서
땅과 일자리를 잃은 수많은 조선 사람들이
만주로 건너갔다. 그중에는 독립운동가도 많았다.
1945년 일본이 패전하자 이들은 고향으로
돌아가려 했으나 남북이 분단되고 중국이
공산화되자 이주하지 못하게 되었다. 이 때문에
많은 조선족이 그대로 동북삼성을 비롯한 중국
곳곳에 눌러살게 되었고, 현재 중국의 소수
민족으로서 중국 국적을 갖고 있다.

강 건너 북한, 너무 가까워서 찡하다!

이도백하 마을을 떠나, 여행 첫째 날 잠만 자고 빠져나온 연길로 향했다. 연길은 중국 내 조선족° 자치주의 중심지이다. 조선어 라디오 방송국과 신문사가 있으며, 인구의 40퍼센트가 조선족이다. 길거리 어디에서나 한국어로 된 간판을 찾아볼 수 있다. 또한 연길은 곳곳에서 한민족의 역사를 만날 수 있는 도시이다. 그중 연변조선족자치주박물관은 중국에서 우리 민족의 전통과 풍속이 어떻게 지켜졌는지 3000여 점의 민속 문물로 보여 준다.

연길에서 버스로 약 한 시간 거리에 있는 도문은 두만강을 경계로 북한과 마주 보고 있는 도시이다. 북한과 철도로 연결되어 있어 북한과의 교역이 가장 활발히 이루어지는 지역이기도 하다. 북한

과 중국을 잇는 도문대교 위로는 국경선이 그어져 있다. 입장료를 내고 들어가면 국경선을 밟아 볼 수 있다. 입장은 오후 5시 30분까지인데, 이를 몰랐던 백두원정대는 마감 시각보다 10분 늦게 도착하는 바람에 다리를 건너 국경선까지 가 보려던 계획을 이루지 못했다. 택시를 조금만 일찍 탔더라면, 거기서 헤매지만 않았더라면……. 무수한 '-더라면'의 후회 속에서 시간 체크는 여행의 기본임을 새삼 깨달았다.

"입장 시간을 넘겨 도문대교를 건너지 못한 게 영 아쉽긴 하지만, 두만강을 사이에 두고 북한을 바라볼 수 있었어요. 정말 가깝구나 싶었죠. 왠지 찡하더라고요." _채윤기

대륙의 맛 생생 별점 리뷰

연길 마라탕쌀국수 ★★★★☆
마라탕의 신기한 맛에 매료된 민서가 별 네 개를 매긴 집. 현지인에게 물어물어 찾아간 마라탕 맛집이었건만 이제껏 경험한 중국 음식 중 가장 진입 장벽이 높았다. 현지 음식에 완전히 적응한 민서의 표현에 따르면, 마라탕은 추어탕과 설렁탕을 섞은 맛이라고. 다른 아이들은 어떻게 탕 속에 들어 있는 소시지조차도 맛이 없냐며 별 한 개를 던졌다.

오늘의 베스트 멤버
채윤기

비우고 씻으니, 이보다 더 시원할 순 없다!
중국 여행 이후 '처쒀가 중요한 남자'란 별명을 얻었다. 여행의 질을 좌우하는 쾌변의 소중함에 대해 한 시간은 족히 이야기할 수 있을 터. 이도백하에서 이틀을 지낸 숙소가 문제였다. 화장실과 샤워실이 남녀 공용이라 때를 잘 맞춰야 하건만 번번이 기회를 놓치는 바람에 장을 비우지도, 머리를 감지도 못한 것. 더욱이 가는 곳마다 재래식 화장실이라 독한 냄새와 쭈그려 앉기 자세에 익숙하지 않은 도시 소년의 장은 마냥 위축되었다. 다행히 넷째 날 연길에서 묵은 호텔은 첫날 묵었던 환락궁만큼 시설이 깨끗해 오랜간만에 장을 시원하게 비우고 씻을 수 있었다.

연길 신흥소학교 근처 장닭한마리 ★★★★★
그리운 한국의 맛! 눈물이 날 만큼 맛있는 닭볶음탕과 돼지고기묵은지찜의 뜨거운 위로에 여행의 피로가 싹 풀리는 것 같았다. 당연히 별 다섯 개를 매길 만한 집.

중학생 윤동주 시인과 한 교실에서

마지막으로 둘러본 도시는 일제 강점기 민족 운동의 요람인 용정. 윤동주 시인을 비롯해 수많은 독립운동가와 애국지사를 배출한 용정중학교(옛 대성중학교)는 지금도 연변의 한인 청소년을 위한 중학교로 운영되고 있다. 2층에 마련된 사적 전시관에서는 윤동주 시인의 사진과 책자, 용정과 주변 지역의 역사를 보여 주는 각종 사료를 볼 수 있었다.

시인의 흔적을 따라가는 발길은 명동촌으로 이어졌다. 윤동주 시인의 생가와 독립지사들의 묘소를 볼 수 있었는데, 1900년경 시인의 할아버지가 지은 생가에는 윤동주 시인이 어린 시절에 사용했던 방이 그

"교과서에서 배운 시를 시인이 다녔던 학교와 생가에서 다시 만나니 기분이 좀 묘했어요. 고향과 어머니를 그리며 쓴 시가 굉장히 슬프게 느껴지더라고요." _장민서

윤동주 시인이 수업을 받던 용정중학교 교실에서

102

대로 보존되어 있었다.

　오후 늦게 연길로 돌아와 연변대학교와 인민공원을 산책하고 나서, 세상의 모든 음식을 꼬치에 꿰어 먹는 양꼬치집에서 모두가 흡족한 식사를 했다. 이어 연길의 핫플레이스로 통하는 연신교의 야경을 감상하며 여행 마지막 밤의 아쉬움을 달랬다.

오늘의 베스트 멤버
곽영광

언어 장벽쯤이야 가볍게 뛰어넘는 소통왕

백두원정대의 맏형. 동생들보다 중국어를 더 아는 것도 아니지만, 현지인들과 가장 적극적으로 이야기를 주고받아 '소통왕'이란 별명을 얻었다. 화장실을 찾을 땐 몹시 다급한 상태를 표현하는 몸짓 언어로, 식당을 찾을 땐 주변의 조선족을 먼저 찾아내 근처 맛집을 물어보는 방식으로 해결했다. 길을 잃었을 때나 볼일이 급해 버스를 멈춰야 했을 때도 어디서든 당당히 "여기, 조선족 계세요?"라고 외쳤다. 조선족 자치주로만 다녔기 때문에 어딜 가나 조선족을 만날 수 있었고, 필요할 때마다 도움을 쏠쏠히 받았다. 백두원정대 멤버들은 조선족이 많은 안산에 살다 보니 조선족에 대한 좋지 않은 소문을 자주 듣곤 했는데, 이번 여행에서 만난 조선족 덕분에 그동안의 편견을 깰 수 있었다.

★★★★★
대륙의 맛
생생 별점 리뷰

용정중학교 앞 순이랭면 ★★★★☆
한국의 냉면보다 양도 훨씬 많고 면발도
쫄깃했다. 꿔바로우와 같이 먹으니 베리 굿!
냉면&갈비 조합에 비할 만하다.

연변대학교 앞 눈꽃마녀 ★★★★☆
덥고 지칠 때 쉬어 가기 좋은 곳. 녹차빙수,
인절미빙수, 초콜릿빙수 모두 맛있었다.
한국의 빙수 전문점에 온 듯한 기분이었다.

연길 인민공원 앞 풀무펨점 ★★★★★
양꼬치, 소고기꼬치, 오돌뼈꼬치, 식빵꼬치 등
대륙의 모든 음식을 꼬치로 먹을 수 있는 곳.
향이 강하지 않아 누구나 맛있게 먹을 수 있다.
깨끗한 실내, 친절한 서비스도 굿!

5박 6일의 여운, 여름 일몰처럼 길게 물들다

한국으로 돌아가는 날. 아침 일찍 호텔 조식을 챙겨 먹고 나와 다섯 시간 남짓 택시-고속열차-버스로 갈아타고 심양공항에 도착했다. 채 두 시간도 안 되는 비행이라 잠깐 눈을 붙였다 뜨니 어느덧 인천공항. 5박 6일이 짧은 여름밤처럼 훌쩍 지나갔지만, 백두산 천지에서 두만강까지 친구들과 함께한 길 위의 이야기는 꼬리가 긴 여름 일몰처럼 오래도록 가슴을 물들였다.

오늘의 베스트 멤버
장민서

민서의 기록은 기억을 지배한다!

백두원정대 안에서 기자를 맡아 제 역할을 성실히 소화해 내며 '기록하는 민서쿤'이란 별명을 갖게 됐다. 언제 어디서나 수첩을 펼쳐 기록하는 민서의 모습이 여러 사진으로 남아 있다. 택시비와 이동 구간별 소요 시간, 음식 메뉴와 가격, 친구들이 매긴 별점까지 꼼꼼히 기록한 덕분에 여행에서 돌아와 포토북을 제작할 때 큰 도움이 되었다. 뿔뿔이 흩어진 기억들이 민서의 수첩 속에 촘촘히 박혀 있었던 것. 길 위에서 민서가 수첩을 펼칠 때면 제 등짝을 책상처럼 내어 주던 친구들의 협조도 칭찬할 만하다.

★★★★★
**대륙의 맛
생생 별점 리뷰**

양지한청센츄리호텔 조식 ★☆☆☆☆
중국식 아침 뷔페. 현지식으로 구성되어
외국인 관광객의 입맛엔
맞지 않을 수 있다.

북파 코스와 서파 코스 두 번 다 맑은 천지를 밟으니 행운이 따랐음이 틀림없다. 천지는 정말, 말로 표현할 수 없을 정도로 감동적이었다. 하지만 우리나라의 산을 중국을 통해 오를 수밖에 없는 현실이 안타까웠다. 백두대간 줄기를 따라 도보로 금강산을 거쳐 백두산까지 오를 수 있는 날이 빨리 왔으면 좋겠다. _곽영광

가이드 없이 친구들끼리 여행을 다녀도 충분히 즐길 수 있다는 걸 알았다. 직접 찾고 해결해 나가는 과정이 힘들긴 해도 재밌었다. 대학에 가면 배낭여행을 많이 다닐 생각이다. 이번 여행을 통해 배우고 느낀 점을 경험 삼아 더 재밌게, 잘 다녀올 수 있을 것 같다. 조금 아쉬운 점은 중국어 공부를 게을리하는 바람에 '처쉬'와 '피아오량'밖에 써먹지 못했다는 것. 다음에 해외여행을 갈 땐 그 나라의 언어를 더 열심히 공부해서 가야겠다. _김용규

기차역이 공항처럼 큰 것도 그렇고, 고속열차를 타고도 무척 오래 이동하는 걸 보며 '대륙의 클래스'를 톡톡히 실감했다. _채윤기

나는 원래 산을 좋아하지 않았다. 저질 체력에 귀차니즘도 심했다. 그런데 아지트스콜레에 들어온 뒤 지리산을 처음 종주하고 났을 때의 그 기분을 잊을 수 없었다. 사진으로 보는 것보다 직접 보는 풍경이 더 좋다는 것도 알았다. 서파 계단으로 백두산 정상에 올라 천지를 봤을 때, 정말 벅찼다. 이번 여행에서 내가 형들에게 짐이 될까 봐 걱정했는데, 그러진 않은 거 같아 뿌듯하다. _한건희

여행 준비를 하며 맛집 조사를 맡았는데, 자료가 너무 없어서 처음엔 좀 힘들었다. 하지만 현지에서 끌리는 대로 들어간 식당들이 나름 괜찮았다. 맛집을 우연히 발견하는 뿌듯함이 커서, 여행엔 무계획이 만들어 내는 즐거움도 있다는 걸 알았다. 중국 음식을 더 다양하게 즐기지 못한 게 아쉽다. _장민서

가장 좋았던 순간은 서파 코스에서 1442개의 계단을 끝까지 올라가 천지를 만난 순간이었다. 북파 코스는 정상까지 차를 타고 올라가서 그런지 가슴 벅찬 느낌이 덜했는데, 서파 코스는 마지막 구간을 걸어 올라갔기 때문에 정상에서 느끼는 뿌듯함이 더 컸다. _한태희

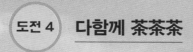

일곱 명의 신드바드가 작성한
실론 견문록

어디 있는 나라인지, 추운지 더운지도 모르고 선택했다.

낯설다는 것이 오히려 끌림의 가장 큰 이유였다.

이렇게 베일에 싸인 나라를 여행지로 결정한 뒤 차츰차츰 알아 가기 시작했다.

알수록 흥미로웠다. 실론티의 나라라니, 저도 모르게 그곳과 맺어 온 인연이 흥미로웠다.

때 묻지 않은 자연과 빛나는 유적과 홍차의 나라,

마르코 폴로가 '세상에서 가장 아름다운 섬'이라 극찬한 인도양의 섬나라,

《아라비안나이트》에서 '신드바드'가 발견한 보물섬 세렌디브.

바로 스리랑카였다. 16박 18일에 걸쳐 전개된 이 여행담 혹은 모험담의 코드명은 다음과 같다.

다함께 차차차(茶茶茶)!

대안 학교인 중등무지개학교에서 '여행살림반'을 꾸려 가는 친구들 일곱 명이 뭉쳤다. 살림 수업은 1년 동안 하나의 주제 아래 학생과 교사가 수업 과정을 함께 설계하고, 다양한 영역으로 배움을 확장해 가는 프로젝트 수업이다. 살림 수업 주제를 '여행'으로 정한 아이들은 삶을 위한 여행, 몸으로 느끼고 체험하는 여행을 꿈꾸며 16박 18일의 스리랑카 자유 여행을 감행했다.

어쩌다 스리랑카?

낯설어서 무작정 끌린 스리랑카라지만, 알면 알수록 그곳에 가고 싶은 이유들이 각자 분명해졌다. 얼마 전에 인도 여행을 다녀온 은영이에겐 인도 최남단과 맞닿아 있는 나라라는 게 끌림의 이유였다. 인도 여행이 좋은 기억으로 남아 있는 까닭에 그 이웃 나라라니 인도와는 어떻게 다를까, 아니면 얼마나 비슷할까 궁금했다. 동현이와 진하는 세계 8대 불가사의로 손꼽히는 스리랑카 대표 유적지 시기리야와 세상에서 가장 아름다운 기찻길이라 불리는 캔디−누와라엘리야 구간 기찻길 사진에 매료됐다.

세계적인 홍차 생산지라는 것도 스리랑카를 주목하게 된 이유 중 하나였다. 홍차를 즐기는 어머니 덕분에 식후의 홍차 한잔이 낯설지 않다는 영일이, 홍차를 만화로 배운(영국 귀족 가문을 배경으로 한 일본 만화 〈흑집사〉엔 밥 먹는 장면처럼 늘 홍차 마시는 장면이 나왔다) 종범이는 스리랑카가 '실론티'의 나라라는 데 흥미를 느꼈다.

스리랑카의 옛 이름이 '실론'임을, 어떤 홍차 음료 상품의 이름으로만 알았던 실론티가 '스리랑카산 홍차'를 뜻하는 고유 명사임을 알게 된 멤버들은 저도 모르게 맺어 온 스리랑카와의 작은 인연이 반가웠다. 멤버 모두 도시보다 자연을

"무지개학교에 2년 동안 세계 곳곳을 여행 다녀온 선생님이 계세요. 그 선생님께서 추천해 주신 여행지 중 가장 낯선 나라가 스리랑카였어요. 우리나라 사람들이 많이 찾는 여행지가 아니라는 게 일단 좋았어요. 남들 다 가는 곳 말고 덜 알려진 곳을 가고 싶었거든요." _고영일

느낄 수 있는 여행을, 스쳐 가는 관광보다 짧게라도 그곳의 삶을 살아 보는 여행을 원하던 차에 실론티는 이 여행의 맥을 잡는 키포인트가 됐다.

어쨌든 차차차!

다섯 개의 도시를 골랐다. 스리랑카의 경제 중심지 콜롬보와 문화 중심지 캔디, 홍차 산지 누와라엘리야와 하푸탈레, 남부의 아름다운 해변 도시 갈레. 홍차 테마 기행이되 스리랑카의 대표적인 관광 명소를 두루 즐기고자 선택한 여정이었다.

그런데 여행 준비를 하다가 중요한 대목에서 벽에 부딪히고 말았다. 캔디 여정 중 방문하고자 했던 공정무역기구 'SOFA(Small Organic Farmer Association)'로부터 방문 허락을 받지 못한 것이다. 꼭 오고 싶으면 공정거래위원회를 통해 공식 절차를 밟고 오라는 답변이 왔다. 번역기와 주변 친구들의 힘을 빌려 영어로 메일을 주고받는 과정만 해도 힘들었는데, 공식 절차를 밟으라니 막막하기만 했다. 더욱이 그 메일을 받을 때쯤 여름 방학이 시작되는 바람에 멤버들끼리 머

"스리랑카 여행 사진을 보면 고산 지대 차밭 풍경이 정말 근사하거든요. 유명한 홍차 산지에서 차도 한잔 마시고, 홍차가 어떻게 만들어지는지 그 과정을 보는 것도 재밌겠다 싶었어요. 그런데 스리랑카와 홍차에 대한 자료를 찾다 보니, 노동에 따르는 정당한 대가를 받지 못해 고된 삶을 사는 차밭 노동자들에 대한 이야기가 나오더라고요. 수업 시간에 배웠던 공정 무역 커피도 생각나고 해서 '홍차와 공정 무역'이란 주제를 잡고, 대기업에서 운영하는 차밭과 공장, 찻잎 따는 노동자들이 사는 마을, 공정 무역 지원 기구를 두루 방문하는 여정을 계획했어요. 그래서 여행명도 '다함께 차차차(茶茶茶)'라 지었고요." _윤진하

"스리랑카 여행을 준비하며 공정 무역에 대한 책도 읽고 강의도 들었는데, 관련 일정이 무산돼 김이 좀 새긴 했어요. 하지만 친구들과 공정 무역에 대해 공부했다는 데 의미를 두기로 했죠. 또 차밭 마을 방문 일정은 변함없으니, 그곳에서 일하시는 분들의 삶을 들여다볼 기회가 있을 거라고 생각했어요."_윤진하

리를 맞대고 의논할 시간도 부족했다. 결국 공정 무역기구 방문은 포기할 수밖에 없었다.

여행지 사전 조사는 다섯 명이 나눠 진행했다. 콜롬보-동현, 캔디-진하, 누와라엘리야-종범, 하푸탈레-이상, 갈레-다솜으로 배정하여 각자 맡은 도시의 특징과 역사, 교통편 및 음식점 정보를 책임지기로 했다. 이 밖에 영일이는 기록과 사진을, 은영이와 이상이는 총무를 맡았다. 여행 준비 기간엔 항공권과 숙소를 예약하느라, 여행지에선 매일 밤 가계부를 쓰고 영수증을 정리하느라 고생이 많았던 두 명의 총무는 공교롭게도 팀의 막내들이었다. 막내 라인이 막중한 책임을 맡게 된 이유는 간단하다. 깔끔한 가위바위보로 그리 결정됐을 뿐.

처음부터 좋은 인연을 만나다

공항버스를 타기 위해 정류장에 모인 시각은 새벽 5시. 그로부터 열여섯 시간 후에 스리랑카 콜롬보에 도착했다. 여덟 시간 비행에 환승 대기만 네 시간. 온종일 이동과 지루한 기다림 끝에 도착한 낯선 도시엔 추적추적 비가 내리고 있었고, 비오는 밤에도 대기는 후끈했다. 숙소까지는 택시로 이동했다. 운 좋게도 한국어에 능통한 택시 기사를 만나 긴장을 풀고 편안한 마음으로 숙소를 찾아갈 수 있었다.

숙소에 짐을 풀고 늦은 저녁을 먹으러 나갔다. 어느덧 밤 9시를 훌쩍 넘긴 시각, 문을 연 음식점은 프랜차이즈 햄버거 가게 하나뿐이었다. 스리랑카에서의 첫 끼니를 한국에서도 먹을 수 있는 햄버거로 해결하고 싶지는 않았지만 달리 선택할 여지가 없었다. 탄 맛이 나는 딱딱한 패티와 감자튀김, 물 탄 듯 밍밍한 탄산음료. 그 지역만의 특색은 없어도 표준적인 맛이리라 생각했던 패스트푸드는 몹시 실망스러웠다. 배고픈 와중에도 햄버거가 맛없을 수 있다는 걸 처음 알게 된 밤이었다.

빗속에 잠긴 콜롬보, 맨발로 다니다

콜롬보의 대표적인 불교 사원인 시마말라카 사원과 강가라마야 사원을 둘러본 뒤, 시내 구경을 하기로 한 둘째 날. 스리랑카 사원

"공항에서 만난 택시 기사님은 한국에서 10년간 일하셨대요. 한국어를 되게 잘하시고 엄청 친절하셨어요. 스리랑카에 도착해 처음 만난 스리랑카 사람과 한국어로 이야기하니 신기했어요. 시작부터 좋은 인연을 만났으니 앞으로도 일이 쭉 잘 풀릴 것 같은 예감도 들었어요. 여행을 마칠 때쯤 이 기사 아저씨를 다시 만났어요. 그날 연락처를 받아 뒀거든요." _고영일

"햄버거 주문을 하는데 치즈를 추가할 거냐고 묻더라고요. 안 한다고 했는데, 점원들이 자기들끼리 웃었어요. 맛도 없는 햄버거가 이상하게 양은 또 많아 우리끼리 '수상하다, 수상해.' 그러면서 먹었는데, 다음 날 영수증을 받아 보니 주문한 내용과 달리 햄버거는 다 라지 사이즈에 치즈까지 추가돼 있었어요. 전날 밤엔 영수증 발급이 안 돼서, 내역도 모르는 채 비싸다고만 생각하며 계산했거든요. 진짜 너무 어이없고 화가 났어요." _오은영

알아 두면 쓸모 있는 실론 Tip

스리랑카 사원엔 흰옷을 입고 가는 것이
예의다. 사원에 갈 때마다 계속 검은색
티셔츠를 입고 가서 민망했다. _오은영

강가라마야 사원의 바닥 장식

은 입구에서부터 신발을 벗고 입장하는 것이 특징이다. 비가 오락
가락하는 까닭에 바닥이 온통 젖어 질척였건만, 실내외를 막론하
고 경내에선 무조건 맨발로 다녀야 한다는 게 어색하고 불편했다.

사원 관람을 마치고 콜롬보 시내로 나가려던 찰나, 갑자기 폭우
가 쏟아졌다. 우산으로 가릴 수 있을 정도가 아니라서 잠시 사원
한 구석에서 비를 피했다. 하늘에 구멍이라도 난 듯 쏟아지던 빗줄
기는 20분쯤 지나 잦아들었지만, 그새 시내 도로엔 빗물이 무릎까
지 차올라 넘실거렸다. 어쩔 수 없이 시내 구경은 포기했다. 기차
표 예매 조인 진하와 종범이를 제외하고 모두 숙소로 돌아가기로
했다. 운동화를 신은 채 물을 헤치고 다닐 엄두가 안 나 다들 신발
을 벗어 들고 맨발로 첨벙거리며 숙소까지 걸어갔다. 다음 날 일찍
캔디로 출발해야 해서 콜롬보 관광에 할애된 유일한 하루였지만,
폭우엔 속수무책이었다.

콜롬보는 여행 가기 전에 조사했던 스리랑카의 이미지와 많이 달랐다. 무엇보다 아름다운 자연이 먼저 떠오르는 나라였는데, 대도시라 그런지 차 소리가 시끄럽고 매연이 심해 실망스러웠다. 스리랑카 운전자들은 경적을 너무 많이 울리는 것 같다. 길 가다 아는 사람을 만나도 경적을 누른다. 신호등 없는 횡단보도를 건너는 게 힘들었는데, 사람이 건너면 신기하게 차가 멈추긴 한다. 우리 눈엔 혼잡해 보이지만 그들 나름의 질서가 있는 것 같았다. _9월 5일, 이동현

내일 캔디로 갈 기차표를 예매하기 위해 진하 형과 콜롬보역으로 갔다. 오토바이를 개조한 삼륜 택시 툭툭을 타고 갔다. 진하 형이 기차표 예매 방법을 인터넷에서 열심히 찾아보고 온 덕분에 헤매지 않고 표를 끊을 수 있었다. 걱정했던 데 비해 너무나 간단하게 임무를 완수하고 나서 현지 분들이 추천한 근처 식당에 들어가 볶음밥과 에그롤을 먹었다. 전날 먹은 햄버거와는 차원이 달랐다. 볶음밥도 에그롤도 정말 맛있었다. 에그롤은 밀가루 반죽 안에 계란을 넣어 튀긴 음식인데, 고소하고 바삭해서 사이드 메뉴로도 좋고 한 끼 때우기에도 충분했다. 성공적인 점심 인증샷을 찍어 보냈더니, 먼저 숙소로 간 아이들은 맛없는 커리를 먹었다며 우리를 몹시 부러워했다. _9월 5일, 하종범

기차표 예매 조가 숙소로 돌아온 뒤, 다 함께 동네를 산책했다. 차들이 하도 경적을 울려 대서 너무너무 시끄러웠다. 경적 소리를 피해 쇼핑몰 지하로 들어가 푸드코트에서 저녁을 사 먹었다. 볶음우동 비슷한 '고뚜'라는 스리랑카 음식인데, 생각보다 맛있어서 배불리 먹었다. 완전 맵고 짰던 점심 메뉴 커리에 비하면 꽤 성공적이었다. _9월 5일, 고영일

알아 두면 쓸모 있는 실론 Tip
스리랑카는 철도 이용이 많은 나라라 주말에
기차로 이동하는 일정은 되도록 잡지 않는 게
좋다. 특히 대도시 캔디에서 출발하는 기차는
요주의. 주말의 캔디역은 우리나라로 치면
출퇴근길의 사당역 같은 곳인데, 그보다 훨씬
더 심하다. _윤진하

"스리랑카는 온갖 종류의 새를 볼 수 있는 나라라고 해요. 그
중에서도 캔디는 새가 많은 도시로 유명한데, 기차역에 내
리자마자 주변 나무에 깃들여 있는 엄청난 새 떼에 깜짝 놀
랐어요. 나뭇잎만큼 많은 새들이 가지에 앉아 있더라고요.
처음엔 새는 보이지 않고 새소리만 엄청 크게 들려 더 무서
웠어요. 사실 제가 새를 되게 무서워하거든요. 길에 비둘기
몇 마리만 있어도 그 앞을 못 지나가는데, 새들이 너무 많으
니까 어느 순간 포기하게 되더라고요. '그래, 넌 거기 있구
나.' 그러면서 지나갔어요." _하종범

캔디, 엄청난 새 떼의 환영을 받다

캔디행 기차는 오후 3시에 출발했다. 운 좋게도 기차표 예매 조
가 처음 예매한 표는 지정석으로 운영되는 2등석이었다. 기차표
예매에 성공한다는 게 얼마나 드문 일인지, 더욱이 지정석으로 운
영되는 2등석 탑승이 얼마나 큰 행운인지, 다들 머지않아 깨닫게
될 터였다.

기차는 푸른 초지와 키 큰 나무들을 천천히 지나쳤다. 찜통 같은
기차 안에서 냉방 시설이라고는 힘겹게 돌아가는 선풍기가 전부였
지만 그나마 창밖이 온통 초록이라 시야만큼은 시원했다. 기차는
세 시간 남짓 느릿느릿 달린 끝에 캔디역에 도착했다. 예약한 숙소
가 역에서 가까워, 캔디 시내의 첫인상을 느끼며 숙소까지 천천히
걸어갔다.

캔디는 신할라 왕조의 마지막 수도로, 1815년 영국에 점령당할
때까지 2500년 이상 스리랑카 문명을 꽃피운 도시이다. 붓다의 이
하나를 간직하고 있다는 불치사를 비롯해 스리랑카 최대의 불교
유적을 만나 볼 수 있는 도시이기도 하다. 원래
캔디에서는 사흘 밤을 묵을 예정이었다. 도착한
다음 날부터 불치사 관람에 하루, 시기리야 방문
에 온전히 하루를 쓴 다음 4일째 되는 날엔 누와
라엘리야로 이동할 계획이었으나, 예상치 못한
일이 벌어졌다.

물갈이와 감기로 여행 잠시 멈춤

캔디에 도착한 날 저녁부터 동현이가 앓기 시작하더니, 은영이와 다솜이, 영일이까지 잇달아 앓아눕고 말았다. 동현이가 구토와 설사로 전형적인 물갈이 증세를 보였다면, 은영, 다솜, 영일이는 구토에 고열까지 겹쳤다. 뎅기열 증상과 똑같지 않느냐는 무시무시한 농담을 주고받으며 다들 애써 긴장을 감추었다.

불치사 경내

결국 둘째 날엔 몸 상태가 괜찮은 3인방 진하, 이상, 종범이만 불치사를 보러 가야 했다. 지사제와 해열제를 먹고 숙소에 누워 있던 넷은 하루를 꼬박 앓고 나서야 아프기 시작한 순서대로 회복했다. 캔디가 대도시라 그나마 다행이었다. 시설 좋은 병원도 있었고, 숙소에서 병원까지 거리도 멀지 않았다. 여행 중에 얻은 병이라 그런지, 한국에서 챙겨 간 해열제를 먹어도 차도가 없더니 현지 약을 먹고는 바로 효과가 났다. 열이 가장 많이 올랐던 다솜이가 괜

찾아진 걸 보고 다른 셋도 병원에서 처방받은 해열제를 먹자 열이 뚝 떨어졌다. 넷 다 물갈이에 감기까지 겹쳤던 것. 콜롬보가 덥긴 했지만 계속 비를 맞고 다닌 데다, 캔디는 고지대라 새벽에 추웠던 탓이다.

시기리야는 아픈 친구들이 컨디션을 회복하고 함께 갈 수 있도록 넷째 날로 미뤘다. 덕분에 캔디엔 하루 더 머물게 됐고, 원래 시기리야를 가기로 했던 셋째 날엔 스리랑카 전통 춤 공연을 보며 조금 느슨한 하루를 보냈다. 전날 불치사를 못 봤던 친구들은 불치사를 구경하기도 했다.

시기리야마저도 빗속으로!

넷째 날엔 아침 일찍 움직였다. 시기리야를 보고 오기로 했기 때문이다. 캔디 길 안내를 맡은 진하가 전날 밤, 택시 중개인과 긴 협상을 벌인 끝에 밴 한 대를 빌려 두었다.

일명 '사자바위'로 불리는 시기리야는 밀림 한가운데 우뚝 서 있는 바위 요새이다. 이 바위 요새를 건설한 사람은 5세기 신할라 왕조의 카사파왕으로, 부왕을 살해하고 왕위에 오른 뒤 후환을 걱정해 높이가 200미터나 되는 바위산에 왕궁을 건설했다고 한다. 죽기 전에 꼭 가 봐야 할 여행지로 스리랑카를 손꼽는 데에는 시기리야가 있는 만큼 차차차 멤버들에겐 기대해 마지않던 일정이었다. 하지만 길 위에서는 기대를 배반하는 일이 숱하게 벌어진다. 시기리야도 그중 하나가 됐다. 바위산을 오르는데 비가 오고, 덥고, 시야가 확보되지 않았으니, '세계 8대 불가사의'와 '유네스코 지정 세계문화유산'의 타이틀도 소용없었다.

시기리야

캔디로 가는 기차 안은 너무 더웠다. 선풍기 바람이 내 쪽으로 부는 건 길어야 3초밖에 안 됐지만, 선풍기 바람이 그렇게 시원할 줄은 몰랐다. 다른 외국인 여행자들이 기차 문에 매달려서 가는 모습이 재밌어 보여 우리도 따라 했다. 풍경도 좋고 시원했다. 열차 승무원이 오면 기차 문에서 떨어졌다가 다시 문에 매달려 가길 반복했다. _9월 6일, 이동현

새벽부터 열이 나기 시작했다. 속도 안 좋아서 캔디 시내 구경을 포기하고 게스트하우스에 남아 내내 잤다. 자다 깨기를 무한 반복했다. 열이 39.8도까지 오르더니 어지럽고 팔과 다리가 저렸다. 게스트하우스 주인아저씨가 병원까지 툭툭으로 태워다 줬다. 캔디에서 가장 좋은 병원이라는데, 병원에 대한 기억은 별로 없다. 의사 선생님이 젊고 잘생긴 데다 굉장히 친절했던 건 기억에 남아 있다. 약을 처방받고 오는 길에 중국 음식점에서 치킨수프를 샀다. 한국의 닭죽 같은 맛이 났다. 엄청 맛있어서 한 그릇 뚝딱하고 약 먹고 또 잤다. _9월 7일, 김다솜

캔디가 추워서인지 애들이 넷이나 아파서 나랑 종범이, 이상이만 돌아다녔다. 제일 먼저 백화점 같은 곳에 갔는데, 익숙한 상표가 많고 시설도 최신식이었다. 그런데 화장실 들어가는 데 돈을 받았다. 화장실을 돈 내고 들어간다는 건 말만 들었지 처음 겪는 일이라 신기했다. 백화점을 나와 누와라엘리야행 기차표를 예매하러 캔디역으로 갔다. 주말에는 표를 사기 힘들다는 이야기를 들어 서둘러 간다고 간 건데, 모든 기차표가 매진이었다. 이젠 출발 당일에 판매하는 자유석 표를 사는 수밖에 없다. 어제 도착하자마자 표를 사야 하는 건데, 판단 착오다. 숙소에서 조금 쉬다가 불치사에 갔다. 불치사 경내의 불교박물관 안에 한국관이 있는데, 구글 번역 같지 않은 제대로 된 문장이 붓글씨체로 잘 적혀 있었다. 오랜만에 한국어를 보니 기분이 좋아졌다. _9월 7일, 윤진하

오후에 스리랑카 전통 춤을 보러 갔다. 전통 춤에 딱히 관심이 있는 건 아니었지만 재미있게 봤다. 하지만 갑자기 원반 돌리기와 뜨거운 돌판 걷기를 보여 주면서 전통 춤 공연이 서커스로 바뀌었다. 돈을 벌기 위해 그런 것 같았다. 재미는 있었지만 한편으론 슬펐다. _9월 8일, 고영일

아침 일찍 일어나 전날 빌린 밴을 타고 시기리야로 향했다. 시기리야 입구에 도착했을 땐 날씨가 괜찮았다. 그런데 표를 끊고 3분 정도 걸어갔을 때 비가 오기 시작했다. 비싼 돈을 주고 들어왔으므로 그냥 나갈 수도 없었다. 비를 맞으며 계속 걷다 보니 시기리야 앞에 도착했다. 태어나서 그렇게 큰 바위는 처음 봤다. 바위산을 오르니 더웠다. 춥다고 해서 긴팔에 긴바지를 입고 왔는데, 땀이 엄청 났다. 철제 계단을 오를 땐 비 때문에 미끄러워 불안하기도 했다. 겨우겨우 올라간 시기리야는 덥고 습했다. 너무 힘들어서 경치를 감상했다기보다는 그늘에서 좀 쉬다 내려왔다고 하는 편이 맞다. _9월 9일, 하종범

기찻길의 명성은 헛되지 않았다

출발하는 날 산 2등석 기차표는 지정석이 아닌
자유석이었다. 콜롬보에서 캔디까지 지정석으로
2등석을 탔던 차차차 일행은, 같은 2등석이어도
자유석이 지정석과 어떻게 다른지 미처 몰랐다.
한마디로 자유석은 좌석이 있으면 앉고 없으면
서서 가는 자리로, 말이 자유석이지 입석이라고
보는 게 더 정확했다. 만원인 주말의 기차 안에
서 좌석 네 개를 간신히 잡은 멤버들은 다섯 시
간 동안 돌아가며 앉고 서기를 반복해야 했다.

그렇지만 몸은 고되어도 '세상에서 가장 아름
다운 기찻길'의 명성은 헛된 것이 아니었다. 느
릿한 기차는 산자락에 펼쳐진 끝도 없이 푸른 차
밭을 지나 풍경 속으로 스며들듯 달렸다.

캔디-누와라엘리야 구간 기찻길

해발 고도 1830미터의 고지대에 자리 잡은 누와라엘리야는 스리
랑카의 대표적인 홍차 생산지 중 하나이다. 차밭 견학 프로그램을
운영하는 유명 홍차 기업들이 몰려 있어, 홍차 테마 기행의 명소로
도 손꼽힌다.

누와라엘리야 미션, 차밭 마을에서 살아 보기

차차차의 여정에도 누와라엘리야는 중요한 도시였다. 차차차 일
행이 들른 스리랑카 다섯 개 도시 중 누와라엘리야에 가장 오래 머
무른 것(4박 5일)도 그 때문이다. 홍차의 고향인 이곳에서 차차차

119

"자연 그대로의 누와라엘리야는 여행을 떠나기 전에 막연히 그려 본 스리랑카의 모습과 가장 가까웠어요. 콜롬보나 캔디는 대도시라 답답했거든요. 덥지 않은 것도 반가웠어요. 기차에서부터 점점 서늘해지더니, 밤엔 춥기까지 했어요. 하지만 시원하다고 좋아할 일만은 아니었어요. 감기 환자가 또 대량 발생했거든요." _이동현

멤버들이 꿈꿨던 여행은 때 묻지 않은 자연과 순박한 사람들 속에서 잠시나마 '살아 보는 것'이었다. 그래서 이곳에서는 호튼플레인즈 국립공원 트레킹과 차밭 견학 외엔 특별한 일정을 잡지 않았다. 마을을 산책하고 재래시장에서 매일 장을 보는, 그런 소소한 여정이었다.

세상에서 가장 아름다운 기찻길을 달려 누와라엘리야에 도착하자마자 만난 택시 기사는, 스리랑카의 첫날 콜롬보의 공항에서 만난 택시 기사처럼 좋은 인연이 됐다. 그 기사는 산티푸라 마을에 있는 자신의 집을 통째로 숙소로 내주었다. 따지고 보면 민박업을 겸하는 택시 기사가 살뜰한 영업을 펼친 셈이지만, 차차차 일행은 좀 더 저렴한 가격에 산속 차밭 마을에 자리한 민가에 묵게 된 걸 행운으로 여겼다. 집 한 채를 빌린 덕분에 날마다 아침과 저녁을 지어 먹으며, '일상적인 여행'을 할 수 있게 되었기 때문이다. 길 위에서 만난 좋은 인연은 그처럼 좋은 길을 열어 주었다.

산티푸라 마을 아이들과 함께

호튼플레인즈 국립공원

나누오야역에 내려 택시를 탔다. 택시 기사에게 예약한 숙소 주소를 말하자 자기네 집에서 홈스테이를 하라고 권했다. 기사 아저씨가 제시한 가격이 우리가 예약한 숙소보다 훨씬 싸서 일단 가 보고 결정하기로 했는데, 직접 보니 되게 괜찮았다. 방이 세 개인데 방마다 화장실이 딸려 있었다. 예약했던 숙소에 위약금을 물어도 훨씬 이득인 상황. 아저씨의 집이 우리가 방문하려 했던 산티푸라 차밭 마을에 있다는 것도 반가웠다. 그래서 그냥 그곳에 짐을 풀었다. 아저씨 아들이 나보다 한 살 어린데, 키는 나보다 훨씬 컸다. 그 애랑 친해지고 싶다. _9월 10일, 오은영

버스를 타고 시내로 나가 기차표 예약 팀과 시내 구경 팀으로 나눠 돌아다녔다. 나는 시내 구경 팀이었는데, 모처럼 날씨가 좋아 사진을 제법 많이 찍었다. 기차표 예약 팀과 만나기로 한 시간이 다 되어 약속 장소인 그레고리호수로 출발했다. 그런데 툭툭을 타자마자 비가 쏟아졌다. 엄청 아름답다는 호수 주변을 산책하고 근처 유명한 피자집에서 점심을 먹기로 했는데, 이게 뭐람. 폭우에 산책은 무산되고, 피자집마저 문을 닫아 모두 짜증이 폭발했다. 비에 쫄딱 젖은 채로 저녁 식사 재료를 사서 숙소로 돌아왔다. 저녁 메뉴는 스파게티였는데, 요리하는 애들 실력이 살짝 불안했지만 고기를 잔뜩 넣은 스파게티는 꽤 맛있었다. 다들 잘 먹어 오히려 양이 부족할 정도였다. _9월 11일, 고영일

누와라엘리야의 유명한 홍차 공장인 블루필드 티 팩토리로 향하는 길은 굉장히 아름다웠다. 차밭에서 사진을 찍고 있는데, 일하던 아주머니가 우리에게 찻잎을 건네주었다. 고맙다고 말하려는 순간, 아주머니가 돈을 요구했다. 정말 어리둥절했다. 얼마 지나서 또 차밭 사진을 찍는데 여자아이가 다가왔다. 잠깐 이야기를 나누었는데, 그 아이도 우리에게 돈을 달라고 했다. 우린 돈 대신 사탕을 줬다. 마음이 되게 착잡했다. _9월 12일, 한이상

홍차를 만드는 공정은 정말 별게 없었다. 찻잎을 뜯고 말려서 갈거나, 그대로 포장용 봉지에 담아 파는 것이다. 우리는 찻잎을 따는 사람들이 어떤 삶을 살고 있는지, 티 팩토리 직원은 대우를 잘 받고 있는지 궁금했는데, 기업 입장에서는 그런 걸 알려 줄 이유도, 그럴 마음도 없어 보였다. 어쨌든 티 팩토리 견학을 마치고 무료로 주는 홍차를 마셨다. 역시 향이 최고였다. _9월 12일, 윤진하

산티푸라 마을에 사는 사람들은 누와라엘리야
시내에 사는 사람들에 비해 많이 가난해 보였지만,
착하고 순수하게 느껴졌다. 사진을 찍어도
괜찮으냐고 물으면, 아이들은 활짝 웃어 보였다.
오히려 먼저 사진을 찍어 달라고 하는 아이들도
있었다. 마을에 있는 학교에 갔을 때에는, 아이들이
우리를 보더니 우르르 몰려와 같이 사진을 찍자고
했다. 아이들에게 둘러싸이니 마치 연예인이라도 된
듯한 기분이 들어 이상하면서도 좋았다. 엄청 밝은
아이들이라 해피 에너지를 받은 것 같았다. 아이들이
계속 놀자고 해서, 내일 사탕을 가져오겠다고
약속하고 겨우 빠져나왔다. _9월 12일, 고영일

일교차가 커서 감기를 앓는 애들이 많아졌다.
약이 떨어져 시내로 사러 나가야 했는데, 숙소
주인아저씨가 시내까지 차를 태워 줬다. 약국에서
차례를 기다리는데, 어떤 현지인 아저씨의
핸드폰 벨 소리가 '강남 스타일'이었다. 신기해서
웃었다. 아픈 애들에게 약을 주고 나서 어제 마을
아이들이랑 놀았던 곳으로 갔다. 아이들이 우리를
보자마자 뛰어오며 반겨 줘서 좋았다. 어제
약속한 대로 사탕을 나눠 주었다. 아이들이 사는
집에도 가 봤는데, 겉은 낡았지만 안은 의외로
괜찮았다. 아이들과 사진을 찍으며 더 놀다가
숙소로 돌아와 저녁을 지어 먹었다. 메뉴는
볶음밥에 감자계란국! _9월 13일, 이동현

호튼플레인즈 국립공원을 가기 위해 아침 일찍 도시락을 싸들고 나왔다. 입구에서 짐
검사를 하면서 플라스틱이나 비닐에 든 음료와 간식을 가져갈 수 없다고 했다. 할 수
없이 점심으로 싸 온 빵과 음료를 다 먹고 출발해야 했다. 유네스코 세계자연유산으로
지정된 숲답다고 생각했다. 호튼플레인즈 국립공원은 희귀한 동식물의 서식지라고
하는데, 가는 길에 사슴을 여러 마리 봤다. 트레킹 코스는 9킬로미터 정도 된다. 길이
험하지 않아 걷기 좋았다. 제일 처음 만난 뷰포인트는 '미니 월드 엔드'다. 이곳은 정말
사진으로는 절대 표현할 수 없을 만큼 아름다운데, 바다처럼 끝없이 펼쳐진 풍경이
장관이었다. 구름과 같은 위치에서 바라보니, 산들이 모두 내 발밑에 있는 것 같았다. 한
20분 정도 더 걸었더니, 진짜 '월드 엔드'가 나타났다. 이름만 들었을 땐 '세상의 끝'이라니
지옥 같은 느낌일까 싶었는데, 여기서 말하는 세상의 끝은 우리 세계의 끝에서 만나는
새로운 세계의 입구를 뜻하는 것 같다. 끝이라기보다는 시작 같은 풍경이었다.
_9월 14일, 윤진하

하푸탈레의 힐링 포인트는 구름 위의 산책

오래 머무른 만큼 누와라엘리야를 떠나는 마음은 서운함으로 가득 찼다. 기차역까지 바래다 준 숙소 주인아저씨와 헤어질 땐 무척 섭섭해 인사를 하고도 자꾸만 뒤를 돌아봤다. 아무 거리낌 없이 이방인을 반겨 준 산티푸라 마을 아이들과 친절했던 숙소 주인아저씨. 느릿한 기차는 누와라엘리야의 추억을 천천히 페이드아웃시키며 달렸다.

하푸탈레까지는 네 시간 남짓 가야 했지만, 멤버들 모두 좌석에 앉았고 심지어 1등석이었다. 캔디-누와라엘리야 구간의 다섯 시간 입석 경험을 가진 일행에겐 그야말로 사치스러운 기차 여행이 아닐 수 없었다. 사실, 1등석에 앉게 된 건 순전히 기차표 예약 팀의 실수 때문이었다. 2등석 지정석을 예매한 줄 알았는데, 표를 받고 보니 1등석이었다. 취소하면 수수료를 물어야 하므로 더 나을 것도 없다는 판단에, 눈 질끈 감고 '사치'를 택했다.

스리랑카 중부 산간 마을 하푸탈레는 마을 전체가 차밭으로 둘러싸여 있었다. 하푸탈레 차밭의 뷰포인트는 '립턴싯(Lipton Seat)'이라 불리는 언덕이다. 영국의 유명한 차 회사 '립턴'의 설립자인 토머스 립턴이 차밭을 감상하며 앉았던 자리라는데, 구름 위에서 바라보는 차밭 풍경이 아름답다.

스리랑카에서 방문한 네 번째 도시인 하푸탈레에서는 멤버들의 컨디션이 가장 좋았다. 캔디에선 물갈이로, 누와라엘리야에선 감

"1등석이라 엄청 기대했는데, 역방향 좌석이었어요. 이상하게도 스리랑카에서 우리가 탄 모든 기차가 다 역방향이었어요. 솔직히 왜 1등석인지도 잘 모르겠더라고요. 쿠션도 2등석만 못했거든요. 아, 여기선 처음으로 기차 화장실을 사용했어요. 인터넷으로 찾아봐서 알고는 있었는데, 직접 경험하니 놀랍더라고요. 대소변을 보면 그냥 철로로 뚝 떨어지는 식이거든요. 변기 안에 뻥 뚫린 구멍으로 철로가 보였어요." _윤진하

하푸탈레 차밭

기로 고생했던 아이들도 모두 회복해, 모처럼 아무도 아프지 않았다. 이틀을 묵는 동안 립턴싯 트레킹(차밭 산책이라 만만히 여겼으나 생각보다 힘든 트레킹이었다) 외엔 특별한 일정이 없었다. 아담한 마을을 산책하고, 예쁜 카페에 들어가 차를 마시고, 차밭 사이를 거닐며 한가로움을 즐겼다. 하푸탈레를 떠나는 날 아침, 짐을 꾸리는 아이들 사이에선 '이렇게 좋을 줄 알았으면 하루 더 묵을 걸 그랬다'는 아쉬움의 소리가 한동안 이어졌다.

립턴싯

하푸탈레행 기차는 기차표 예약 팀의 실수로 1등석에 앉게 되었다. 다들 돈이 아깝다고 했지만 내심 그 실수가 고마웠을 것이다. 나도 겉으로는 돈이 아까운 척했지만 앉아서 갈 수 있다는 게 정말 행복했다. 하푸탈레에 도착하니 비가 내리고 있었다. 하지만 내 머릿속은 비 걱정보다 숙소에서 와이파이가 잘 터질까 안 터질까, 그 생각뿐이었다. 누와라엘리야 숙소의 유일한 단점은 데이터를 쓸 수 없다는 점이었다. 그래서 숙소까지 걸어가는 동안에도 그것만 생각했던 것 같다. 숙소에 도착했는데 와이파이가 잘 터져서 기분 좋게 짐을 풀었다. _9월 15일, 하종범

립턴 경은 왜 이렇게 먼 데서 차를 마신 건지……. 그래도 경치는 좋았다. 립턴싯에서 차와 로티(빵의 일종)를 먹었다. 여기서는 차와 함께 각설탕을 주는데, 각설탕을 살짝 찍어 먹고 차를 마시면 된다. 그렇게 먹으니까 차가 되게 맛있었다. _9월 16일, 오은영

하푸탈레에서 가장 유명하다는 레스토랑에 갔다. 하푸탈레에 대해 조사할 때 이 레스토랑에 관한 이야기가 굉장히 많아 기대가 컸는데, 볶음밥이 다른 곳에서 먹던 것과 비슷해서 살짝 실망했다. 식당을 나와 하푸탈레 시내를 산책했다. 마을이 아기자기해서 예뻤다. 스리랑카 느낌보다는 유럽 느낌이 나는 카페에 들어가 음료수와 아이스크림을 먹었다. _9월 15일, 한이상

아침 일찍 립턴싯 근처까지 가는 버스를 탔다. 40분 정도 산길을 올라가다 버스를 내렸는데, 정류장에 툭툭이 늘어서 있어 한눈에 관광지임을 알 수 있었다. 우리는 툭툭을 타지 않고 걸어 올라가기로 했다. 물론, 그때는 알지 못했다. 두 시간 넘게 가파른 오르막길을 올라가야 립턴싯에 도착한다는 것을. 풍경은 정말 예뻤지만, 가도 가도 새로운 길이 계속 이어져 정말 괴로웠다. 한참을 그렇게 올라가다 드디어 립턴싯 매표소를 만났다. 그곳에서 표를 사고 다시 걷는데, 정오를 넘어서니 슬슬 더워지기 시작했다. 겨우겨우 립턴싯에 도착한 우리는 작은 가게에 들어가 차를 마셨다. 가게는 허름했지만 풍경 하나는 기가 막혔다. 그런 풍경을 바라보면서 차를 마시자니, 정말 신선놀음이 따로 없었다. 립턴 경이 굳이 그 높은 곳까지 올라가 차를 마신 데엔 다 이유가 있었던 거다. 내려갈 때는 걸을 자신이 없어 툭툭을 탔다. 그런데 툭툭 기사가 시동을 걸지 않고 내리막길을 자전거처럼 달리는 바람에 무서웠다. _9월 16일, 윤진하

갈레 가는 도로 옆 휴게소

*"갈레포트는 확실히 유럽 같고 고급스러운 느낌이 강하게
드는 곳이었어요. 공원에선 사람들이 축구도 하고 크리켓도
하고 있었는데, 크리켓이 신기하더라고요. 카페에 들어가
차와 케이크를 주문했는데, 케이크를 한 입 먹으니 '아, 이게
진짜 휴식이구나.' 하는 생각이 들었어요."* _윤진하

에메랄드빛 바다를 찾아 갈레로!

아름다운 항구 도시 갈레를 찾아가는 길이었
지만, 그 여정은 그리 아름답지 않았다. 하푸탈
레에서 마탈레까지 다섯 시간, 마탈레에서 갈레
까지 다시 두 시간 남짓 버스를 타고 달렸는데,
낡은 버스가 뿜어내는 검은 매연이 엄청났다. 물
티슈로 얼굴을 닦으니 시커먼 그을음이 묻어날
정도였다.

갈레는 하푸탈레에 이어 휴식에 초점을 맞춘
도시였다. 하푸탈레의 힐링 포인트가 구름 위의
휴식이었다면, 갈레의 힐링 포인트는 에메랄드
빛 바다였다. 스리랑카는 산스크리트어로 '찬란
하게 빛나는 섬'을 뜻한다. 스리랑카의 거의 모든 해안이 세계적
인 휴양지라지만, 그중에서도 콜롬보에서 남쪽 끝 갈레까지 이어
지는 해안은 첫손에 꼽는 휴양지이다. 고산 지대 차밭 마을 여정이
계속되면서 스리랑카가 인도양의 섬나라임을 하마터면 잊을 뻔했
는데, 갈레에서 보낸 사흘 동안 바다가 주는 기쁨을 실컷 누렸다.

14세기 아라비아 상인들의 교역항이었던 갈레는 16세기부터 서
구 열강의 지배를 받으면서 요새 역할까지 겸했다. 포르투갈, 네
덜란드, 영국의 지배를 거치며 건설되고 확장된 성곽은 유럽과 남
아시아의 건축 양식이 섞여 독특한 아름다움을 자아낸다. 유럽의
옛 건축 양식이 오롯이 남아 있는 구시가지와 이를 감싸고 있는 성
곽 갈레포트는 그 역사적 가치를 인정받아 유네스코 세계문화유산

에 올랐다. 식민지 시대 아픔의 결과물이 관광객을 불러 모으는 명소가 된 셈이다.

계획에 없던 보트 투어도 하게 됐다. 몇 가지 체험이 포함되어 있어 아이들의 관심을 끌었던 것이다. 하지만 악어를 보여 준다고 해 놓고 막상 체험이 시작되자 악어는 물 밑에서 잠들어 볼 수 없다고 변명하는 바람에 실망이 컸다. 그래도 신나는 파도타기와 맛있는 참치바비큐 덕분에 마음을 풀었으니, 휴양지에서 경험할 수 있는 즐거움과 언짢음을 두루 겪은 갈레에서의 사흘은 결론적으로 꽤 만족스러운 휴식의 시간이었다.

알아 두면 쓸모 있는 실론 Tip
갈레 해변에서 악어를 보여 준다며 보트 투어를 모집하는 사람에겐, 악어의 수면 시간을 꼭 물어보자! _이동현

갈레 해변

129

하푸탈레에서 갈레까지 바로 가는 버스가 있었지만, 터미널에서 만난 어떤 아저씨의 충고를 따르기로 했다. 갈레까지 한 번에 가는 버스엔 사람이 너무 많이 타서 힘드니, 마탈레행 버스를 타고 가다 마탈레에서 갈레행 버스로 갈아타라는 것이었다. 스리랑카의 만원 기차를 경험해 본 터라, 그 충고를 따르는 게 좋을 것 같았다. 마탈레까지는 다섯 시간 정도 걸렸는데, 버스에 안전벨트와 안전 바가 없어서 잠시도 눈을 붙일 수가 없었다. 잠들면 바로 굴러떨어질 것만 같았다. 그렇게 마탈레에 도착해 버스에서 내려서 보니, 내 핑크색 모자가 매연 때문에 검은색이 되어 있었다. 다시 갈레행 버스로 갈아타고 두 시간 정도 달려 갈레에 도착했다. _9월 17일, 하종범

바다거북보호소를 둘러보고 나서 근처 식당에서 음료수를 마시고 있는데, 주인아저씨가 계속 말을 걸었다. 1000루피에 보트 투어를 할 수 있다고, 섬에도 가고 악어도 볼 수 있다고 했다. 찬성 의견이 많아 다음 날로 투어를 예약해 놓았다. 버스를 타고 다시 숙소로 돌아와 씻고 갈레포트로 갔다. 갈레포트는 유럽 같았다. 건물도 그렇고, 음식값이 꽤 비싸 보이는 레스토랑과 카페, 기념품 가게도 많았다. 우린 피자, 스파게티, 치킨, 감자튀김을 먹었다. 음료는 아이스초코와 아이스티를 시켰는데, 얼음이 들어 있어 차가웠다. 스리랑카에 와서 처음으로 제대로 된 시원한 음료를 마신 것 같다. 레스토랑 직원 중 올 11월에 한국에 온다는 사람이 있었다. 어부로 일하러 온다며, 한국어 공부를 하고 있다고 했다. '목장갑'이란 단어를 알고 있었다. _9월 18일, 오은영

보트를 탄 건 좋았지만, 보트 투어에 포함된 체험은 솔직히 별로였다. 닥터피시처럼 각질 먹는 물고기 체험이 그나마 재밌었다. 큰 물고기가 각질을 뜯어 먹는 건 처음 본 터라 신기했다. 악어를 못 본 건 아무리 생각해도 억울하다. 아저씨는 처음부터 악어를 볼 수 있다는 말로 우리를 꾀었다. 그런데 막상 체험할 때는 악어를 볼 수 없었다. 왜 안 보이냐고 묻자 악어가 물 밑에서 자는 시간이라고 했다. 체험 시간도 아저씨가 추천해 준 대로 따른 건데 그 시간에 악어가 자고 있다니, 왠지 사기를 당한 기분이었다. 어쨌든 보트 투어를 마치고 바다에서 놀았다. 아저씨가 점심으로 해산물 요리를 해 줄 테니 물놀이를 하고 있으라 했다. 파도가 너무 세서 들어갈까 말까 망설였는데, 밀물이라 안전하다고 해서 그냥 들어갔다. 바다에 들어가긴 잘한 것 같다. 파도가 세서 엄청 재밌게 놀았다. 점심으로 나온 해산물 요리는 볶음밥과 참치바비큐였는데, 참치바비큐가 진짜 맛있었다. 스리랑카 현지식 중 가장 맛있게 먹은 요리였다. _9월 19일, 이동현

다시 좋은 인연으로 끝맺다

스리랑카에서 보낸 마지막 날은 여행 첫날처럼 종일 이동과 기다림으로 이어졌다. 갈레에서 콜롬보까지 기차로 세 시간, 다시 콜롬보역에서 국제공항까지 택시로 두 시간. 이동하지 않을 땐 차를 기다리고, 음식이 나오길 기다리고, 만나기로 한 사람을 기다리며 맹렬한 더위를 견뎌 냈다. 스리랑카에 도착한 첫날 공항에서 만났던 택시 기사를 콜롬보역에서 다시 만났다. 전화를 걸어 공항까지 데려다 줄 수 있는지 물었더니 흔쾌히 달려왔다. 길고 지루한 하루였으나 스리랑카에서 맺은 첫 인연과의 반가운 재회는, 길 위의 좋은 인연들을 새삼 돌아보는 계기가 됐다.

> "기사 아저씨를 다시 뵈니 반가웠어요. 2주 동안 스리랑카를 여행하며 겪었던 일들을 아저씨와 한국어로 이야기하며 공항까지 갔어요. 차가 막혀 시간이 꽤 걸렸는데, 대화가 재밌어서 그리 길게 느껴지지 않았어요." _이동현

자정을 넘겨 중국 쿤밍으로 향하는 비행기에 올랐다. 쿤밍에서 칭다오로, 칭다오에서 인천공항으로, 환승을 두 번이나 거친 귀국길은 16박 18일의 여정 중 마지막 하루를 꽉 채우고 마무리됐다.

21일 새벽 12시 45분에 콜롬보를 떠난 아이들이 인천공항에 내려 각자 집에 도착한 시각은 거의 자정 무렵. 그 오밤중에도 다솜이는 된장찌개로 밥 한 그릇을 뚝딱 비우고, 은영이는 떡볶이를 먹고서야 잠자리에 들었다. 꽤 긴 시간 집을 떠나 있는 동안, 가족과 일상에 대한 막연한 그리움은 늘 먹던 음식과 함께 떠오르곤 했다. 된장찌개와 떡볶이와 김치에 대한 갈망은, 내 방 침대와 부모님에 대한 그리움에 다름 아니었다.

131

긴 여행, 그래도 남는 아쉬움은?

이번 여행에서 아쉬웠던 점은 딱히 없다. 음식도 입에 잘 맞았고, 아픈 친구들이 많았는데 다행히 나는 한 번도 탈이 나지 않았다. 산티푸라 마을 아이들과 함께했던 시간이 참 좋았다. 특별히 뭘 해 준 것도 없는데, 우릴 반기고 좋아해 줘서 즐거웠다. 매일 홍차를 마신 것도 좋았다. 고지대 숙소에선 추워서 마시고, 티 팩토리 견학 가서 마시고, 카페 가서 마시고, 하루에 한 잔 이상 마신 것 같다. 홍차 산지에서 마시는 홍차 맛은 최고였다. _하종범

아쉬움이 많다. 몸 상태가 계속 안 좋았던 것도, 다녀온 친구마다 하나같이 멋지다고 했던 호튼플레인즈를 아파서 못 간 것도, 지갑을 잃어버린 것도 속상했다. 그래서 모처럼 컨디션도 회복하고 날씨도 맑았던 하푸탈레에서의 시간이 참 좋았다. 구름 위에서 본 차밭 마을 풍경을 잊을 수 없다. _고영일

차밭에서 일하시는 분들을 인터뷰하고 싶었는데, 인사를 하거나 눈만 마주쳐도 돈을 요구하니 말을 붙일 수 없어 안타까웠다. 그분들이 여행자와 이야기를 나눌 만큼 여유로운 상황이 아니란 걸 확실히 알았다. 이번 여행에선 외국인과 대화를 시도한 게 가장 기억에 남는다. 깊이 있는 대화를 나눈 건 아니지만 해야 할 말은 다 한 것 같다. 부모님을 따라 해외여행을 몇 차례 가 봤지만, 내가 먼저 외국인에게 말을 걸어 본 적은 한 번도 없었다. 하지만 이번엔 이끌어 주는 사람이 따로 있는 게 아니라서 내가 해야 할 일은 스스로 해결했다. 그래서 말도 먼저 건넬 수 있었던 것 같다. _윤진하

누와라엘리야에서 주인집 아들과 친해지지 못한 게 아쉽다. 또래라 친구가 됐으면 좋았을 텐데. 우리가 일찍 집에 들어오면 그 애가 학교에서 늦게 오고, 우리가 감기를 앓다 나으면 이번엔 그 애가 감기를 앓고, 이런 식으로 자꾸 어긋나서 함께 놀지 못했다. _오은영

여행은 갈수록 점점 좋았다. 콜롬보는 그저 그랬지만 캔디는 콜롬보보다 괜찮았고, 누와라엘리야는 기찻길이 아름다웠고, 하푸탈레는 산속의 천국 같았고, 갈레에선 파도 타고 노는 게 재밌었다. 특히 누와라엘리야에서 갔던 호튼플레인즈 국립공원은 정말 좋았다. 태연의 'I' 뮤비 속 배경 같았던 풍경이 지금도 생각난다. _김다솜

여행을 좀 나게 만드는 꼼꼼한 준비

1. 여행 준비는 역할 분담부터!

여행의 윤곽이 어느 정도 나왔다면 함께 여행 가는
친구들과 역할을 분담하여 본격적으로 여행 준비를
시작한다. 날짜별로 역할을 분담할 수도 있고,
관광지·교통·숙박·식사 등 요소별로 역할을 분담할
수도 있다. 역할을 나눴다면 각자가 맡은 역할에
따라 자료를 조사한다. 자료 조사의 목적은 크게 두
가지이다.

첫째, 여행 계획을 좀 더 상세하게 짜기 위해서이다.
자료 조사를 하면서 동선이 효율적인지, 정해진
시간에 식사가 가능한지 등을 확인하고, 차질이
있다면 계획을 수정한다.

둘째, 더 풍성한 여행을 만들기 위해서이다. '아는 만큼
보인다'는 말처럼 여행지에 대해 미리 조사를 하고
가면 더 많이 느끼고 즐길 수 있다.

꼼꼼한 여행 준비는 알찬 여행을 위한 필수 요소이다.
자료 조사는 관련 여행 서적을 참고하거나 사이트,
블로그 등 인터넷을 통해 할 수 있다. 자료를 조사한
다음에는 다 함께 모여 각자 조사한 내용을 검토하고,
계획에서 수정할 부분이 있다면 모두의 의견을 모아
수정하는 시간을 가진다.

해외여행이라면 여행지의 날씨와 그에 맞는 옷차림,
환율과 사용하는 화폐, 치안, 종교 등을 조사하고
주의 사항을 미리 알아 두는 것이 좋다. 기본적인 정보
외에도 여행지와 관련 있는 문학 작품을 찾아서 읽고
가면 그곳의 정서, 생활상, 역사 등을 깊이 이해할 수
있다.

2. 숙소는 여행의 질을 좌우한다

사람들이 여행에서 가장 중요하다고 여기는 것 중의
하나가 숙소이다. 숙소를 고르는 기준은 여행 지역,
인원, 예산, 여행 콘셉트에 따라 달라지는데 이왕이면
주요 관광지와 가까우면서 깔끔한 숙소로 정하는
것이 좋다. 그래야 이동하기 편하고, 여행 중 아프거나
준비물을 빠뜨려 숙소로 다시 돌아가야 할 때 쉽게

갈 수 있다. 또한 주요 관광지 근처의 숙소는 다른
여행자들도 많아 저녁까지 밝고 비교적 안전하다는
장점이 있다. 하지만 그만큼 가격이 비싸다는 단점도
있다. 우리나라와 해외 모두 다양한 호텔을 예약할 수
있는 사이트가 많기 때문에 예산과 일정을 기준으로
검색해서 숙소를 정한다.

청소년도 직접 숙박 장소를 예약할 수 있다. 다만
청소년은 보호자 없이 남자와 여자가 한방을 쓰는
혼숙을 법으로 금지하고 있다. 숙박업소에 따라서는
아예 청소년들의 숙박을 거부하는 곳도 있고, 부모
동의서를 요구하는 곳도 있다. 따라서 예약하기
전에 청소년도 숙박이 가능한지, 또 필요한 서류는
무엇인지 확인하는 것이 좋다.

3. 휴관일과 운영 시간을 확인하자

여행을 준비할 때 흔히 놓치기 쉬운 것이 관광지의
휴관일과 운영 시간이다. 기껏 멀리까지 갔는데
휴관일이거나 운영 시간이 끝나 허탕 치고 돌아오는
경우가 많다. 미리 인터넷이나 전화로 휴관일과 운영
시간을 확인한다.

4. 여행 짐, 어떻게 싸야 할까?

무엇을 어떻게 챙겨 가면 좋을지 너무나 막막한 여행
짐 싸기. 아래 순서대로 차근차근 여행 짐을 꾸려 보자.

- 해외여행이라면 항공권을 예약하기 전에 여권 유효
  기간을 확인한다. 국가마다 일정 기간 이상 유효 기간이
  남아 있어야 입국을 허락하므로, 유효 기간이 얼마 남지
  않았다면 여권을 다시 만든다.
- 여행 지역의 계절과 날씨, 여행지 특징, 그에 맞는
  옷차림을 조사한다.
- 패키지 여행, 배낭여행, 도보 여행 등 여행 스타일에
  맞는 가방을 준비한다.
- 준비물 체크리스트를 만들어 꼼꼼하게 준비한다.
- 내가 가지고 있는 물품과 새로 마련해야 하는 물품을
  정리하여 지출을 줄인다.

- 여권이나 귀중품을 안전하게 보관할 가방을 준비한다. 복대나 크로스백 등이 알맞다.
- 꼭 필요한 짐만 챙겨 부피를 줄인다.
- 세면도구와 화장품은 여행 기간에 맞게 작은 용기에 덜어 준비한다.

5. 청소년 여권은 어떻게 만들까?

해외여행을 떠날 때 꼭 챙겨야 하는 여권. 여권은 외국을 여행하는 사람의 국적이나 신분을 증명해 주는 증명서이다. 항공권을 살 때에 반드시 여권이 있어야 한다. 여권 발급을 신청하면 나오기까지 적어도 4~5일 걸리기 때문에 해외여행 계획이 있다면 미리 만들어 두는 것이 좋다. 18세 미만 미성년자가 여권을 만들 때에는 다음과 같은 것이 필요하다.

- 여권 발급 신청서
- 여권용 사진
- 법정 대리인 동의서
- 법정 대리인 동의서에 대표자로서 서명 날인한 자의 위임장 및 인감 증명서(본인 서명 사실 확인서)
- 법정 대리인의 신분증
- 기본 증명서 및 가족 관계 증명서
- 구 여권(유효 기간이 남은 경우)
- 수수료

※ 위 사항은 법령 개정 및 정책 변경에 따라 바뀔 수 있으니 자세한 내용은 외교부 여권 안내 홈페이지를 참고한다.

6. 여행에서는 첫째도 안전, 둘째도 안전!

여행 전반

- 여행 출발 전 부모님이나 선생님에게 숙소와 동선이 자세히 적힌 여행 일정표와 비상 연락망을 공유한다.
- 여행 중에는 적어도 1일 1회 이상 부모님 또는 친구에게 전화나 SNS로 자신의 위치와 건강 상태를 전한다.
- 가까운 여행지이거나 짧은 여행이라도 여행 출발 전 여행자 보험에 꼭 가입한다.

- 낯선 사람이 베푸는 지나친 호의는 의심해 본다.
- 체험 활동은 자신의 신체 조건이나 체력 등을 고려하여 선택한다. 자신이 감당하기 어렵다고 판단되면 과감히 포기한다.
- 여행지의 현지 여행 프로그램에 참여할 때는 정식 업체를 이용한다.
- 범죄율이 높은 지역에서나 늦은 시간에는 혼자 돌아다니지 않는다.

해외여행

- 여권 분실

여권을 잃어버리면 바로 가까운 경찰서를 찾아가 여권 분실 증명서를 만든다. 재외 공관에 분실 증명서, 사진 2장(여권용 컬러 사진), 여권 번호, 여권 발행일 등을 적은 서류를 제출한다. 여권을 잃어버렸을 때를 대비해 미리 여권을 복사해 두고 여분의 여권용 사진을 마련한다.

- 보딩패스 분실

보딩패스를 짐과 함께 들고 다니다 보면 분실하는 일이 잦다. 대개 공항 안에서 분실하므로 찾을 수 있을 거라는 막연한 기대 때문에 여기저기 찾아다니는데, 자칫 탑승 시간을 놓치기 쉬우므로 빨리 재발급을 받는 편이 낫다.

- 영사콜 센터

영사콜 센터는 해외에서 사건·사고를 당했거나 긴급한 상황에 놓인 국민들에게 도움을 주기 위해 연중무휴 24시간 상담 서비스를 제공하는 기관이다. 해외여행을 떠나면 여행하는 나라에 입국하자마자 자동으로 수신되는 영사콜 안내 문자(+82-2-3210-0404)에서 통화 버튼으로 바로 전화 연결을 할 수 있다.

- 여행 경보 제도

여행 경보 제도는 특정 국가(지역) 여행과 체류 시 특별한 주의가 요구되는 국가 및 지역에 경보를 지정하여 위험 수준과 이에 따른 안전 대책의 기준을 안내하는 제도이다. 여행 경보는 외교부 해외안전여행 홈페이지(www.0404.go.kr)에서 확인할 수 있다.

의미 1 길 위에서 시간을 만나다, 제주

제주와 친구에 시나브로 물든다

환경과 인권 문제에 관심이 많은 시나브로 팀의

제주도 여행은 '지속 가능성'에 방점이 찍힌다.

지속 가능한 자연, 지속 가능한 발전과 성장을 꿈꾸는 여정 속에서

지속 가능한 우정을 발견했다고 할까.

제주의 초록 숲과 푸른 바다에 시나브로 물들고,

소소한 행운과 좌절의 에피소드를 함께 엮은 친구들에게

시나브로 물들어 간 시간이었다.

여덟 명으로 결성된 시나브로 팀은 '모르는 사이에 조금씩 조금씩'을 뜻하는 팀 이름처럼, 여행을 준비하며 차츰차츰 서로를 알아 가고, 길 위에서 한 발짝 더 가까워졌다. 학교도 사는 동네도 다른 아이들의 유일한 접점은, 사단 법인 호이가 마련한 청소년 대상 세계시민교육 프로그램을 함께 이수했다는 것이다.

배움과 위로가 깃든 길 위의 시간을 꿈꾸며

처음부터 끝까지 스스로 알아서 준비해 떠나는 여행에 대한 기대감, 일상을 벗어나 낯선 경험을 한다는 기대감, 길 위에서의 배움과 자연이 주는 위로에 대한 기대감. 이런 기대감은 '내가 이 여행을 가고 싶은 이유는 뭘까?'라는 물음을 던져 놓고 팀원들이 나눈 이야기 속에서 도돌이표처럼 이어졌다.

자연스럽게 제주도가 이 모든 기대를 채워 주기에 가장 알맞아 보였다. 제주도는 유네스코 세계자연유산에 등재될 만큼 뛰어난 자연환경을 간직한 섬인 동시에, 무분별한 개발로 몸살을 앓고 있는 우리나라의 대표 관광지이기 때문이다.

"첫 도전인 만큼 해외보다는 부담이 적은 국내 여행 쪽으로 생각했고, 우리가 가장 신나게 놀 수 있는 곳, 팀원들의 공통 관심사인 환경과 인권 문제를 함께 생각해 볼 수 있는 곳, 쉼이 필요한 우리에게 자연 휴식 공간을 선물해 줄 수 있는 곳을 찾다가 제주도로 결정했어요." _박진서

시나브로 팀은 세계시민교육 프로그램을 통해 배운 '지속 가능한 발전'이라는 주제를 제주도 여행에 접목해 보기로 했다. 몇 차례 토론을 벌이면서 여행의 주제를 더 좁혀 나가다 보니 '제주도에서 아직 변하지 않은 것은 뭘까?', '옛것을 지키는 마음은 반드시 필요할까?'라는 질문들이 나왔고, 마침내 '시간의 흐름, 그리고 그 안의 변화를 통한 배움'이라는 주제로 정리되었다.

'길 위에서 시간을 만나다, 제주'라는 여행명은 이렇게 탄생했다.

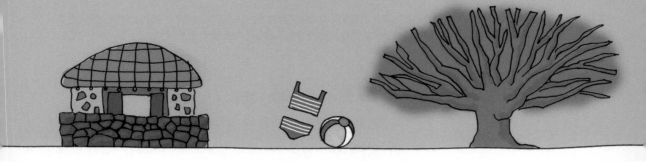

16세 김근우 16세 이하민 17세 오정원 18세 정지운 18세 하유장 18세 조윤아 18세 박진서 18세 김정혁

제주의 과거 모습과 현재 모습을 비교해 변화를 살피고, 변화의 원인과 결과를 생각해 보자는 것이다. 이를 위해 시나브로 팀이 설계한 3박 4일의 제주 여정은 제주 전통 시장, 용눈이오름, 김영갑갤러리, 곶자왈, 중문해수욕장, 강정마을, 비자림으로 이어진다.

　세계시민교육 프로그램에 참가했다는 공통점은 있지만 참가 시기가 서로 달라 시나브로 팀을 만들기 전에는 옷깃 한번 스친 적 없는 여덟 명이었다. 여행을 기획하느라 모인 첫 모임에서 서로 어정쩡한 높임말을 주고받은 것도 그 때문이다.

　팀장(정지운), 가이드(하유장), 회계(조윤아), 숙박 예약(박진서), 식당 정보 수집(오정원), 사진(김정혁), 물품 담당(김근우, 이하민)으로 역할을 나눠 맡고 여행의 밑그림을 그려 나가는 동안 서로 어색해하며 쭈뼛거리던 또래들은 금세 친구가 됐다. 인터넷 검색으로 찾은 방문 지역의 옛 사진을 공유하고 그 지역과 관련된 기사를 함께 읽으면서 제주와 친구들에게 한 발 한 발 가까워졌다.

"비자림과 곶자왈, 용눈이오름은 제주의 자연을 만나고 싶어 고른 곳이에요. 이런 곳은 우리가 상상할 수 없을 만큼 오랜 시간 동안 묵묵히 그 자리를 지켜 왔으니까요. 과거와 비교해 제일 큰 변화가 일어난 곳은 강정마을일 거라 생각해요. 지난 10년 동안 해군 기지 건설을 둘러싸고 이어진 갈등과 변화된 마을의 모습을 우리 눈으로 직접 확인하고 싶었어요." _정지운

제주 흑돼지 요리에는 실패가 없다

제주공항에 도착한 시각은 오후 3시. 늦은 오후에 도착한 만큼 여행 첫날은 가볍게 제주의 전통 시장을 구경하고 일찌감치 쉬기로 했다. 숙소에서 가까운 전통 시장을 검색해 제주의 첫 방문지로 선택한 곳은 중문향토오일시장.

활기 넘치는 시골 장터의 진면목을 볼 수 있으리라 기대했건만, 막상 눈앞에 펼쳐진 시장은 아이들이 머릿속에 그리던 모습이 아니었다. 규모도 작고 한산했다. 제주의 첫 일정이 이대로 어그러지고 마는가 하며 다들 멍하게 서 있을 때 가이드 유장이가 재빨리 대안을 내놓았다. 숙소에서 멀지 않은 곳에 있는 또 하나의 전통 시장을 찾아낸 것이다. 가이드의 임기응변으로 찾은 서귀포매일올레시장은 볼거리와 먹을거리가 즐비해 아이들의 설렘을 자극하기에 충분했다.

맛집 고르는 촉이 뛰어난 정원이가 '매일올레시장 맛집'을 검색어로 넣어 찾아낸 흑돼지두루치기는 시나브로 팀이 3박 4일 동안 경험한 '제주의 맛' 중에서 세 손가락 안에 꼽히는 메뉴가 되었다. 이 밖에도 흑돼지삼겹살, 흑돼지돈까스, 흑돼지고기국수 등 흑돼지로 만든 요리는 단 한 번도 팀원들의 입맛을 배반한 적이 없었다.

숙박 공유 사이트에서 예약한 서귀포 시내 독채 민박은 방 세 개짜리 아파트였다. 방이 적어도 세 개는 필요한 시나브로 팀에게는 예산에 맞

서귀포매일올레시장

취 구할 수 있는 최선의 숙소였다. 제주 특유의 돌담을 두른 예쁜 단독주택에 묵는 소망은 이룰 수 없었지만, 쾌적한 아파트 시설에 만족한 팀원들은 단 하룻밤 만에 '살고 싶은 집'이라 칭송하며 숙소에 줄 수 있는 최고점을 매겼다.

시나브로의 제주 일기, 첫째 날

중문향토오일시장의 썰렁함에 당황했지만, 침착하게 매일올레시장을 찾아 대안을 제시한 가이드와 팀장의 순발력 덕분에 첫날 일정을 잘 마무리할 수 있었다. 계획대로 일이 풀리지 않더라도 즐기며 나아가다 보면 또 다른 길이 생기는 것 같다. _조윤아

길 찾기를 맡은 가이드와 팀장에게 일이 너무 몰리니 더 세밀한 역할 분담이 필요해 보인다. 가이드와 팀장은 배차 간격을 확인해 버스 도착 시간을 알아보고, 버스를 탄 뒤에도 내릴 정류장을 체크하느라 마음을 놓지 못했다. 두 친구만 너무 고생을 하는 것 같아 미안했다. _박진서

제주도의 대중교통에 대해 배웠다. 일단 버스가 곳곳에 정차해서 짧은 거리를 가는 데에도 시간이 많이 걸린다. 게다가 배차 간격이 엄청 길어 시간을 잘 맞춰야 한다. 한번 놓치면 다음 버스를 한 시간이나 기다릴 수도 있다. 하지만 버스마다 와이파이를 이용할 수 있어 좋다. 에어컨 성능도 최고! _이하민

김영갑갤러리에서 제주의 과거를 마주하다

둘째 날은 제주시에 있는 용눈이오름과 서귀포시에 있는 김영갑 갤러리를 가기로 했다. 제주가 큰 섬이라고는 하지만 자동차를 이용하면 하루에 서너 곳도 둘러볼 수 있다. 그러나 대중교통으로 다니는 시나브로 팀에게 하루에 두 곳 이상 가는 것은 무리였다. 버스로 숙소에서 용눈이오름까지 두 시간이 걸리고, 용눈이오름에서 김영갑갤러리까지도 한 시간은 걸리기 때문이다.

사실 용눈이오름이 숙소에서 너무 멀어, 버스 대신 콜밴을 이용할까도 생각했다. 콜밴을 이용하면 이동 시간을 절반가량 줄일 수 있지만, 문제는 만만치 않은 경비. 콜밴을 이용하는 데 자그마치 15만 원이 드는 터라 간밤엔 이 문제를 공식 안건으로 올려 회의를 열었다. 콜밴을 이용하면 시간 절약과 피로 경감이라는 이점이 있고, 콜밴을 포기하면 경비 절감으로 흑돼지삼겹살 파티를 할 수 있다는 것. 결과는 만장일치로 흑돼지 승! 시나브로 팀은 길 위에서 시간을 조금 더 쓰고 몸이 좀 피로한 쪽을 선택했다. 이 모든 수고로움은 흑돼지삼겹살이 충분히 보상해 줄 테니까.

용눈이오름과 김영갑갤러리를 하루 코스로 엮은 데에는 그럴 만한 이유가 있었다. 김영갑은 제주 오름의 아름다움을 세상에 알린 사진작가인데, 그가 가장 사랑했던 오름이 용눈이오름이다. 직접 오름을 오르며 내 오감으로 느끼는 오늘의 풍경과 사진작가의 시선을 통해 만나는 옛 풍경을 비교해 볼 수 있으리라는 생각으로 세운 일정이었다.

멤버들이 2017년 여름의 용눈이오름을 만나고 내려와 김영갑갤

용눈이오름

러리에서 마주한 십수 년 전 용눈이오름의 봄 여름 가을 겨울은, 익숙하면서도 낯설었다. 오늘의 길 위에선 만나지 못한 제주의 시간이, 누구보다 제주를 사랑했던 한 사람의 시선으로 고스란히 간직되어 있었다.

시나브로의 제주 일기, 둘째 날

오름을 야트막한 언덕 정도로 생각했는데 산만큼 오르기 힘들다는 것을 알았다. 비 올 것을 대비해 우산을 챙겼는데 바람이 어찌나 세게 불던지, 뒤집어지는 우산보다는 우비가 필요했다. _김근우

용눈이오름으로 향하는 버스 안에선 세상 편하게 잤다. 자다가 문득 눈을 떠 보니 팀장과 가이드만 눈도 붙이지 못하고 정류장을 체크하고 있었다. 두 사람에게 미안해서 다음 버스에선 내가 그 역할을 맡았다. 피곤했지만 짐을 조금 덜어 준 것 같아 좋았다. _오정원

20년 동안 한결같이 오름 사진만 찍은 김영갑 작가님의 삶과 작품을 보며, 그렇게 길게 몰두할 만한 무언가를 찾고 싶다는 생각을 했다. 나는 항상 쉽게 빠지긴 하지만 금방 포기하는 경향이 있어서다. _정지운

김영갑갤러리는 단순히 사진만 보는 전시장이 아니라 김영갑 작가님의 인생을 만날 수 있는 공간이었다. 루게릭병이라는 큰 장벽 앞에서도 끝까지 사진 작업을 놓지 않았던 그의 삶을 보며 깨달은 바가 크다. 삶을 항상 소중히 생각하고 매일을 생의 마지막 날처럼 살자! _조윤아

김영갑갤러리 무인 카페에서 모처럼 여유로운 휴식을 즐겼다. 가이드로서 실수하지 말아야 한다는 생각과 책임감에 너무 빡빡하게 다닌 것 같다. 뭐든 지나치면 해롭다. 책임감도, 긴장감도, 부담감도. 여유가 필요한 건 사실 이번 여행뿐만이 아니다. 지금 나의 삶도 그렇다. _하유장

곶자왈은 샌들을 허락하지 않는다

셋째 날은 제주도에서만 볼 수 있는 독특한 숲 곶자왈과 섬 여행에서 빠지면 섭섭한 코스인 해수욕장을 결합한 일정으로 잡았다. 곶자왈은 제주 말로 숲을 뜻하는 '곶'과 덤불을 뜻하는 '자왈'의 합성어로, '제주의 허파'라 불리는 천연 원시림이다.

제주곶자왈도립공원으로 향하는 아이들의 옷차림은 가벼웠다. 숲이고 공원이라고 하니, 꼭 트레킹 복장을 갖출 필요는 없으리라 여겼던 것. 더욱이 오후에 가게 될 해수욕장을 겨냥해 여름 해변에 어울릴 차림으로 잔뜩 멋을 낸 아이들도 있었다. 곶자왈이 일반 숲이 아니라 돌과 덤불의 숲이라는 걸 자료로는 읽어 알고 있었지만, 그것이 무엇을 뜻하는지 몰랐던 까닭이다. 결국 맨살이 드러난 팔과 다리는 모기에 잔뜩 물리고, 샌들을 신은 발은 돌무더기 위에서 어디를 짚을지 몰라 허둥대기 일쑤였다. 숲속의 요정 같은 인생샷을 찍으려던 계획은 수포로 돌아가고 말았다.

예상이 빗나간 건 중문해수욕장에서도 마찬가지였다. 곶자왈에서의 험한 트레킹을 견뎌 내고 해수욕장에 도착했더니, 태풍 예보가 내려져 바다에는 아예 들어갈 수조차 없었다. 수영복까지 챙겨 갔건만 말이다. 바닷물에 발 한쪽 못 담갔지만, 밀려오는 엄청난 파도 덕분에 바닷가를 거닐기만 했는데도 바닷물을 흠뻑 뒤집어썼다.

"해수욕장에서 입으려고 준비했던 예쁜 원피스를 입고, 옷에 어울리는 귀걸이도 하고, 하여간 부릴 수 있는 멋은 다 부리고 갔거든요. 그런데 그 전에 들른 곶자왈이 평탄한 산책로가 아니라 돌무더기 산이더라고요. 굉장히 당황했지만 그런 차림으로도 산을 탈 수 있다는 자신감 하나는 얻었어요."
_조윤아

제주곶자왈도립공원

중문해수욕장

시나브로의 제주 일기, 셋째 날

태풍 영향권에 드는 바람에 하늘은 구름으로 뒤덮였고, 바다도 잔뜩 골이 나 보였다. 카메라 렌즈에 습기가 차 결정적인 순간을 놓칠 때마다 너무 아쉬웠지만, 중문해수욕장의 노을은 압권이었다. _김정혁

곶자왈 공기는 좋았지만 우리의 옷차림은 실패였다. 산이든 숲이든 걷기 여행에서는 운동화나 트레킹화를 꼭 신어야 한다는 것을 깨달았다. 또 모기에 물리지 않으려면 더운 여름이라도 긴 팔, 긴 바지가 필수라는 것도. _박진서

점심을 먹기 위해 미리 점찍어 둔 식당으로 이동하려던 찰나, 식당이 쉬는 날이라는 걸 알았다. 그렇잖아도 더위에 모두 지쳐 있었는데, 헛걸음하지 않아 정말 다행이었다. 곧바로 다른 식당을 검색해 찾아갔는데, 제주도 특유의 푸짐한 고기국수에 모두 만족했다. _오정원

곶자왈을 걷다가 갑자기 탕- 탕- 요란한 소리가 나서 보니 근처에 채석장이 있었다. 자연이 잘 보존된 곳이라고는 하나 중간중간 베어진 나무도 눈에 띄고, 무엇보다 채석장이 옆에 있다는 게 안타까웠다. 숲의 고요를 깨뜨리는 채석장 소음이 귀에 꽤 거슬렸다. 나무 사이로 슬쩍 드러난 채석장 풍경이 우리가 서 있는 숲과는 완전 딴 세상으로 보였다. _정지운

곶자왈은 우리가 지속 가능한 발전에 관심을 쏟아야 하는 이유를 상기시켜 주었다. 제주의 자연이 그런 대로 잘 보존되어 있어 좋았지만, 한편으론 가까이 있는 채석장 소음에 위기감을 느꼈다. _하유장

강정마을 평화센터

"평화센터 안에 있는 사진과 자료들을 보며 울컥했어요. 마을 곳곳의 돌멩이에까지 적혀 있는 평화 메시지를 보니 지난 10년 동안 마을 주민들이 얼마나 마음고생을 했을지 조금은 알 것 같았어요. 자연이 파괴된 것도 속상하지만, 한마을 주민들끼리 싸우고 멀어진 게 더 안타까워요." _박진서

마을은 변하고 사람들은 등지고

사흘 밤을 묵으며 정들었던 숙소에서 짐을 챙겨 나와 강정마을로 향했다. 강정마을은 인권·평화·환경 문제에 관심을 기울이는 시나브로 팀의 여행 기획과 가장 가까이 닿아 있다.

2007년 6월 국방부와 제주도의 협의에 따라 제주 해군 기지가 들어설 땅으로 강정마을이 확정되었다. 마을 사람들 대부분이 해군 기지 건설을 반대했지만, 공사는 멈춰지지 않았다. 그러는 동안에 강정마을 사람들뿐만 아니라 해군 기지 건설을 반대하여 전국 곳곳에서 모여든 사람들이 다치거나 구속됐다. 해군 기지 건설을 둘러싸고 찬성과 반대로 의견이 나뉘어 다투다 보니 마을 공동체는 무너지고, 강정 해안은 콘크리트로 메워졌다. 마침내 2016년 2월에 제주 해군 기지(정식 명칭은 제주민군복합형관광미항)가 완공되었다.

시나브로 팀은 마을 입구에 있는 평화센터에서 지난 10년 동안 강정마을에서 일어났던 일들을 기록한 자료와 사진을 훑어보고, 강정 해안에 자리 잡은 제주 해군 기지를 찾았다.

"해군 기지를 직접 보니 충격적이었어요. 사진으로 자주 봤는데도, 실제로 보니 더 크게 다가오더라고요. 아무리 나라에 필요한 군사 시설이라 해도, 마을 주민의 동의 없이 강행했다는 것에 화가 나요." _하유장

조금 무거운 마음으로 강정마을을 나선 아이들은 제주 여행의

마지막 행선지인 비자림으로 향했다. 여행의 마침표는 초록 숲이 건네는 위로로 찍고 싶었다. '천년의 숲'이라 불리는 비자림은 2800여 그루의 비자나무가 자라는 숲으로, 맑은 공기와 산새 소리를 들으며 산책할 수 있는 곳이다.

　고등학생 형과 누나들 틈에서 중3 막내 라인을 형성하고 있는 단짝 하민이와 근우는 제주 여행에 거는 기대감 중 '힐링'에 대한 욕구가 가장 컸

"비가 왔지만 가벼운 산책이어서 괜찮았어요. 빗방울 떨어지는 소리, 흙냄새, 풀 냄새, 빗속에서 더 초록초록한 나무들…… 이게 힐링이구나 하면서 걸었어요." _김근우

다. 고등학생 못지않은 중3의 스트레스를 짐작해 볼 만하다. 가장 기대했던 바다 수영은 태풍 때문에 좌절된 데다가 가벼운 산책인 줄 알았던 곶자왈과 용눈이오름은 생각보다 강도 높은 트레킹이어서 막내들이 원했던 힐링과는 거리가 좀 멀었다. 제주 여행의 반짝이는 순간들을 흑돼지 요리와 에어컨 빵빵한 버스로 손꼽는 막내들에게 비자림 산책은 만족스러운 힐링의 기억으로 남았다.

다시 꺼내보는 여행의 빛나는 한순간

제주도 버스 가족과 제주도 여행을 갈 땐 늘 렌터카로 다녔다. 대중교통을 이용하여 제주도를 여행한 건 처음이다. 버스를 두 시간씩 타기도 했지만 그다지 지루하진 않았다. 늘 지친 상태에서 버스를 타다 보니 앉자마자 잠들곤 했는데, 자다 일어나 창밖의 풍경을 보는 게 좋았다. _조윤아

친구들과 편안히 이야기를 나눴던 마지막 날 밤 일찍 잠든 애들도 있었고, 텔레비전을 보는 애들도 있어서 바람 쐬고 싶은 애들만 밖에 나갔다. 공원 벤치에 앉아 음료수와 아이스크림을 먹으며 한참 이야기를 나눴다. 모기엔 좀 물렸지만 밤공기도 시원하고 계획했던 일정도 거의 마무리했다는 생각에 긴장이 풀리면서 마음이 편했다. 사흘 내내 같이 다니고 매일 밤 일정에 관한 회의를 했지만, 그렇게 오랫동안 편안히 이야기를 나눈 건 처음이었다. 친구들과 비로소 가까워졌다는 생각이 들었고, 마지막 밤이라는 게 아쉬웠다. _정지운

중문해수욕장 여행 일정 중 가장 기대한 곳이었는데, 태풍 때문에 바닷물에 몸 한번 담그지 못하고 바닷가만 거닐었다. 그런데 파도가 어찌나 거세게 몰아치던지 바닷가를 거니는 것만으로도 바닷물에 홀딱 젖었다. _김근우

흑돼지두루치기, 흑돼지돈까스, 흑돼지삼겹살! 흑돼지 요리와 함께했던 모든 순간이 좋았다. _이하민

곶자왈 트레킹 생각보다 힘들었지만 자연의 경이로움에 감탄했다. 짐작해 볼 수도 없을 만큼 오랜 시간이 만들어 낸 울창한 숲이라는데, 개발이라는 이름으로 자연을 파괴하는 일은 그곳에 쌓여 있는 시간들을 파괴하는 거라고 생각한다. _박진서

용눈이오름 파란 하늘 아래 드넓게 펼쳐진 초지, 무리 지어 다니는 말들. 말똥을 피해 걷느라 신경이 좀 쓰이긴 했지만, 정말 아름다웠다. 용눈이오름 정상에서 단체 사진을 찍고 내려오려는데 비가 내렸다. 내내 더웠기 때문에 시원하기도 하고, 일정을 마치고 비가 내리니 운이 좋기도 했다. _오정원

강정마을과 제주 해군 기지 안보 때문이라고는 하지만 해군 기지 건설이 과연 최선이었을까, 주민의 인권을 짓밟으면서까지 건설해야 하는 걸까 하는 의구심이 들었다. _김정혁

돌아오는 비행기에서 일제히 뻗어 버린 친구들 모습 우리 모두 최선을 다했구나 싶었고, 잘 마쳤다는 안도감에 그 시간이 평화롭게 느껴졌다. 저녁 8시에 비행기를 탔는데, 8시 10분부터 제주엔 폭우가 쏟아졌다고 한다. 비행기가 구름을 뚫고 올라갈 때 천둥이 치더라니……. 다음 날 뉴스로 물에 잠긴 서귀포시를 보며, 우리 여행에 함께했던 소소한 행운들을 곱씹어 보게 됐다. 새삼 감사했다. _하유장

의미 2 우리 베프 하자!

끝나지 않은 여행

베프의 평화 기행은 지독히 아프고 불편한 진실과의 대면에서 시작됐다.
우리 역사 교과서가 외면한 베트남 전쟁의 참혹한 실상에 한국군이 저지른
전쟁 범죄가 포함돼 있다는 건 너무도 충격적이었다. 어떤 종류의 진실은
그 진실과 만나기 이전의 삶으로 돌아갈 수 없게 한다는 걸,
아이들은 베트남 여행을 통해 절실히 깨달았다. 1기와 2기를 잇는
베프의 3기 평화 기행이 4기, 5기로 숫자를 키우며
계속 이어질 수밖에 없는 이유이다.

베프는 '베트남 프렌즈'의 줄임말로, 베트남전 당시 한국군의 민간인 학살 에 대해 공부하고 알리며 평화를 꿈꾸는 청소년들의 자치 모임이다. '우리 베프 하자!'는 베프 1기의 '베트남 평화봉사 기행(2015년 1월)'과 베프 2기의 '베트남 평화 기행(2016년 1월)'을 잇는, 베프의 세 번째 베트남 여행명이다. 베프 3기의 멤버는 열두 명으로, 1기부터 3기까지 여행 멤버가 똑같지는 않다. 여행 때마다 신청자를 받아 팀을 꾸렸기에, 1기부터 쭉 활동해 온 멤버가 있는가 하면 3기 때 처음 합류한 멤버도 있다.

◆ 한국군의 민간인 학살
한베평화재단에 따르면, 1960년대 후반 한국군 주둔지였던 베트남 5개 성(칸호아·푸옌·빈딘·꽝응아이·꽝남)의 민간인 학살 피해자는 기록으로 확인된 것만 9000명에 이른다.

'기억하겠다'는 약속을 지키기 위한 여정

베프의 활동에서 눈여겨볼 점은 1기 때만 해도 '참여자'였던 청소년들이 2기부터 여행의 '주최자'가 되었다는 점이다. 베프의 시작은 2014년 의정부혁신교육지구사업의 일환으로 추진된 '베트남 평화봉사 기행'에 뿌리를 둔다. 그것은 한국군의 베트남 전쟁 참전 50주년을 기리며 역사의 현장을 바로 보고 평화를 다짐하자는 취지에서 기획된 프로그램이었다. 당시엔 몇몇 교사들이 주축이 되어 의정부 지역 청소년을 대상으로 지원자를 모집해 기행단을 꾸렸다. 그렇게 시작된 베프 1기 기행의 후폭풍은 대단했다.

글이 아니라 생존자의 눈물과 고통이 담긴 생생한 증언은, 가해 나라의 국민으로서 죄책감과 부끄러움과 슬픔의 무게를 얹은 채 가슴 밑바닥에 쿵 하고 내려앉았다. 너무 참혹했지만 눈을 돌릴 수도, 잊을 수도 없었다. '기억하겠다'고 약속했고, 그 약속을 지키기 위해 노력했다. 2기와 3기로 이어진 베프의 평화 기행, 그때마다 학살 피해 지역 학교와 유가족에게 전달한 장학금과 제사 지원금이 그 노력의 결과인 셈이다.

"민간인 학살 피해 지역의 생존자와 유가족분들을 뵙고 엄청난 충격을 받았어요. 여행을 준비하며 이미 책으로 읽었던 내용인데도, 직접 만나 들으니 느낌이 다르더라고요. 3~4일 내내 울고, 여행을 마치고 돌아와서도 불쑥불쑥 눈물이 났어요. 도저히 잊을 수가 없어서, 뭐라도 해야 할 거 같아서, 여행 멤버들과 계속 모임을 이어 갔어요. 또 베트남 전쟁의 진실을 더 많은 사람들에게 알리고 뜻을 함께해야 한다고 생각했어요. 그래서 '평화의 소녀상' 제막식처럼 베프와 뜻이 통하는, '평화'를 주제로 한 행사와 축제를 찾아다니며 베프의 평화 기행을 알리고, 학살 피해 마을에 전달할 후원금을 모금했어요." _이예진

웃음과 눈물이 교차한 7박 9일

베프의 여행 준비엔 '공부'가 8할을 차지한다. 베트남 전쟁의 역사적 맥락을 이해하고, 삭제된 역사의 흔적을 좇는 데 긴 시간을 할애하는 것이다. 기수마다 여행 준비 기간만 4~5개월에 이르는 것도 그 때문이다. 진실에 가까이 다가갈수록 읽어야 할 자료와 책도 늘어났다.

베프의 여정은 베트남 남부의 호찌민을 시작으로 중부의 다낭, 호이안으로 이어졌다. 호찌민에서 이틀을 묵고, 다낭과 호이안에서 닷새를 묵었다. 호찌민에서 보낸 2박 3일은 평화 기행의 전체적인 맥락을 잡아 주는 여정이었다.

학살 피해 마을 유가족과 고엽제 피해자들과 만날 때는 피해 마을 인근에 있는 판쩌우찐중학교 친구들과 함께했다. 통역을 맡아 준 다낭외국어대학교 한국어학과 학생 그룹과 판쩌우찐중학생들과의 교류는 베프의 평화 기행에서 매우 중요한 대목이다. '기억하겠다'는 약속을 지키기 위해서라도 지속적인 만남과 우정의 연대는 반드시 필요한 것이었다. 가슴 아픈 여정에 동행한 베트남 친구들은, 함께 울고 웃으며 든든한 힘이 되어 주었다.

"베프 친구들과 처음 읽은 책이《미안해요! 베트남》이란 책이었는데, 그 책의 첫 장을 보면, 일본군 위안부 문제에 대해 사회적 관심을 이끌어 낸 주체가 일본의 시민 단체였다는 이야기가 나와요. 그 일을 계기로 베트남을 떠올렸다는 저자의 말에 저도 공감했어요. 일본에게는 사죄하라고 목소리를 높이면서, 정작 우리가 베트남에 저지른 죄에 대해선 전혀 모르잖아요. 먼저 알아야 해요. 알아야 제대로 사죄도 하죠. 베트남 전쟁의 참혹한 진실이 교과서에도 실렸으면 좋겠어요."_박정환

"호찌민 시민들은 1인 1오토바이인가 싶을 만큼, 거리에 오토바이가 많았어요. 횡단보도를 건널 때 특히 난감했는데, 신호등도 없고 오토바이 행렬은 끝없이 계속되고 언제 건너야 할지 타이밍을 못 맞추겠더라고요. 현지 분들은 모세의 기적처럼 오토바이의 파도를 유유히 가르며 건너시던데, 정말 신기했어요. 그런 분들 뒤를 바짝 쫓아 겨우 길을 건넜어요." _박정환

"베프의 여행 일정엔 거의 매일 강연과 간담회가 잡혀 있었어요. 더운 날씨에 빡빡한 일정을 소화하다 보면, 사실 그런 자리에서는 졸릴 수 있잖아요. 그래서 여행을 떠나기 전에 다짐했던 것 중 하나가 '강연과 간담회 때 졸지 않고 집중하기'였어요. 조는 친구가 있으면 서로 깨워 주기로 했죠. 특히 유가족과 만나는 자리에서 꾸벅꾸벅 졸기라도 한다면, 너무 죄송한 일이잖아요." _서예원

기억의 여정

베트남 첫 일정은 '공부'

피부에 달라붙는 습한 열기와 맹렬한 오토바이 소음, 공기 중에 떠도는 독특한 향신료 내음까지, 호찌민의 첫 인상은 촉각, 청각, 후각을 한꺼번에 난타했다.

숙소에 도착한 시각은 오후 4시 무렵. 짐을 풀고 세미나실에 모여 '베트남은 베트남 전쟁을 어떻게 기억하는가?'라는 주제로 강의를 들었다. 강의는 한국-베트남 청년 교류 프로그램을 진행하는 한 단체가 준비했다. 오랜 비행과 끈적한 더위에 지쳐 있어서 여행지의 첫 일정이 '공부'라는 것에 불만스러울 만도 한데 다들 군말 없이 강의를 들었다.

야시장 꿀잼은 '밀당' 흥정

저녁에 벤탄 야시장을 구경했다. 알록달록한 열대 과일과 이국적인 수공예품으로 가득한 야시장은 구경만으로도 흥미로웠지만, 진짜 재미는 시장 상인들과 벌이는 '밀당' 흥정에 있었다. 부르는 값의 60~70퍼센트를 일단 깎고 보는 흥정의 법칙이 곧바로 몸에 익지는 않았다. 처음에는 '이래도 되나?' 싶어 입이 떨어지지 않았지만, 어느새 아이들은 상인들이 제시하는 가격에 고개를 가로저으며 "와우~ 베리 익스펜시브~ 디스카운트!"를 외쳤다. 돈을 쓰고도 번 것 같은 야시장의 마법에 취해 밤이 깊도록 폭풍 같은 '탕진잼'을 즐겼다.

Vietnam_friends

좋아요 37개

#벤탄시장잇템 #별다방보다야시장신또 #망고는사랑입니다 #두리안주의보

얇고 찰랑찰랑한 촉감의 몸뻬를 단돈 2000원에 샀어요. 긴 바지지만 시원한 재질이라 동남아 여행의 필수 아이템이죠. 신또는 무조건 먹어 봐야 해요. 베트남식 스무디인데, 주문하면 바로 믹서에 갈아서 줘요. 두 종류 이상의 과일을 섞을 수도 있는데, 섞을수록 가격이 올라가요. 한 종류로만 주문하면 1500원 정도예요. 야시장 신또엔 별다방, 콩다방에선 절대 경험할 수 없는 인정까지 듬뿍 담겨요. 큰 잔 가득 넘치도록 따라 주고 나서도 믹서에 주스가 조금 남자, 주인분이 더 따라 주겠다며 어서 마시라고 권하더라고요. 그래서 한 입 쭉 들이켰더니 남은 주스를 제 잔에 더 채워 주셨어요. 제 입맛엔 망고 신또가 제일 맛있었고, 파파야 신또는 별로였어요. 참, 두리안은 잘 먹어야 해요. 한 친구는 두리안 맛에 반해 엄청 먹었다가, 밤새 열이 올라 한잠도 못 잤어요. 과다 섭취하면 그런 부작용이 있더라고요. _박정환

기억의 여정

베트남은 베트남 전쟁을 어떻게 기억할까?

둘째 날은 호찌민 시내에 있는 전쟁박물관 답사로 하루를 시작했다. 박물관은 느슨한 마음으로 휘휘 구경할 수 없는, 참혹한 전쟁의 기록과 기억의 공간이었다. 종군 기자들이 찍은 흑백 사진 속엔 폭격과 고엽제로 초토화된 땅과 희생자들의 찢어진 사지가 그대로 담겨 있었고, 포르말린 용액을 넣은 병에는 고엽제 후유증으로 사산된 태아의 시체가 담겨 있었다.

전쟁박물관에 이어 가까이에 있는 통일궁과 남부여성박물관도 둘러봤다. 통일궁은 베트남 남북 분단의 역사와 통일 과정을 알아보고자 방문한 곳이었다. 남부여성박물관은 오랜 전쟁의 역사 속에서 수동적인 역할에 머무르지 않았던 베트남 여성의 활약상과 특유의 생활상을 기록한 공간이었다.

둘째 날 '기억의 여정'은 전날 들었던 강의 '베트남은 베트남 전쟁을 어떻게 기억하는가?'를 눈으로 생생히 살펴볼 수 있는 시간이었다. 전쟁을 주제로 한 박물관엔 부인할 수 없는 전쟁의 참상이, 베트남 전쟁에 대해 상반된 기억을 가진 이들이 덮어 두고자 했던 진실이 낱낱이 기록되어 있었다.

"적나라하게 찍힌 사진과 기록물을 보며 심적 부담이 컸어요. 용산전쟁기념관 같은 곳이 아니더라고요." _오종서

전쟁박물관

어서 와, 분짜는 처음이지?

박물관을 나와 분짜 전문점에서 점심을 먹었다. 분짜는 새콤달콤하고 차가운 느억맘(생선 소스) 국물에 쌀국수, 생채소, 숯불돼지고기를 적셔 먹는 요리이다. 뜨거운 국물의 쌀국수나 볶음국수만 먹어 본 베프 멤버들에게는 낯선 베트남 요리라, 서로 먹는 법을 곁눈질하며 조심스레 맛보기 시작했으나 이내 모두 분짜에 빠져들고 말았다. 차가운 국물에 면을 담갔다 먹는 방식은 메밀국수와 비슷했고, 시원한 면발과 갓 구워 낸 숯불돼지고기의 조합은 물냉면에 말아 먹는 돼지갈비처럼 조화로웠던 것. 더욱이 신선한 채소가 풍성하게 곁들여지니 샐러드처럼 상큼했다.

"저는 베트남 음식이 정말 잘 맞았어요. 고수를 우적우적 씹어 먹을 정도였으니까요. 여행 중에 별로 모기에 물리지 않았는데, 아무래도 고수를 많이 먹어서 그런 거 같아요. 고수 향이 모기를 쫓는다는 이야기가 있더라고요." _박정환

베트남 요리 분짜

Vietnam_friends

♥ ◯

좋아요 45개

#베트남이인정한코리안뷰티 #예쁨주의보

유독 뽀얀 피부를 가진 예진이의 인기는 베트남에서 케이팝 스타 못지않았어요. 박물관에 단체 견학을 온 현지 청소년들이 예진이를 보고 사진을 함께 찍자고 몰려드는가 하면, 다짜고짜 오토바이를 태워 주겠다는 청년, 첫눈에 반했다며 프러포즈를 해 온 상점 주인, 끝없는 오토바이 행렬 탓에 친구들과 함께 횡단보도 앞에서 주저주저하는 예진이를 보고 보디가드처럼 챙기며 길을 건네준 호텔 직원까지……. '이렇게 예쁨받긴 내 생애 처음'이라는 예진이에게 '아예 베트남에 눌러앉아라'고 했더니 '심각하게 고려해 보겠다'고 하더라고요. _박정환

기억의 여정

공정한 내일을 준비하는 베트남을 만나다

아침 일찍 호찌민에 있는 사회적 기업 마이 핸디크래프트로 향했다. 마이는 베트남어로 '내일'을 뜻한다. 1990년에 작은 봉사 단체로 출발한 마이 핸디크래프트는 농촌에서 수공예품을 생산하는 여성들과 연대하여 공정 무역을 하는 사회적 기업이다. 수익금의 일부는 농촌 여성들을 지원하는 사업에 쓰인다.

베프가 베트남의 사회적 기업을 탐방할 수 있었던 데에는 그다음 방문지인 아맙의 힘이 컸다. 한국 자본의 사회적 기업 아맙은 지역 공동체를 위해 활동하고 있는 베트남 곳곳의 사회적 기업과 모임을 후원하고, 베트남 공정 여행 상품을 제공하고 있다.

사회적 기업 탐방을 마친 뒤 일행은 다낭행 비행기에 올랐다. 남북으로 기다란 S자 지형의 베트남은 남부, 중부, 북부의 날씨가 다르다. 호찌민을 중심으로 한 남부 지역은 일 년 내내 기온이 높고, 하노이를 중심으로 한 북부 지역은 긴 여름과 함께 짧게나마 봄, 가을, 겨울이 있다. 베트남 중부 도시 다낭의 7월은 호찌민과 별반 다를 것 없이 뜨거웠지만, 다행히 우기는 아니었다. 공항에서는 유가족 간담회 때 통역을 도와줄 다낭외국어대학교 한국어학과 학생들이 베프 일행을 기다리고 있었다.

"아맙은 갈대 대롱으로 만든 베트남의 전통 악기 이름이래요. 두 사람이 아맙 양쪽 끝을 물고 들숨과 날숨을 주고받으며 연주하는데, 호흡이 안 맞으면 소리를 낼 수 없대요. 당연히 혼자서는 연주할 수 없는 악기죠. 이 전통 악기의 특징은 사회적 기업 아맙의 지향점이기도 해요. 베프의 여행도 그와 같다고 생각했어요." _서예원

마이 핸디크래프트의 수공예품

여행은 여행

호이안의 야경, 숨 고르기에 딱 좋아!

아침 식사를 마치고 짐을 챙겨 호이안으로 이동했다. 다낭에서 동쪽으로 약 30킬로미터 떨어진 거리에 있는 호이안은 베프 팀이 가고자 하는 민간인 학살 피해 마을과 가까운 도시이다. 호이안은 6세기 중엽부터 인도, 포르투갈, 프랑스, 중국, 일본 등 여러 나라의 상선이 기항하며 '바다의 실크로드'라 불릴 만큼 국제적인 무역항으로 번성했던 곳이다. 중국식 기와집과 목조 건물 800여 채가 줄지어 서 있는 올드타운(구시가지)은 유네스코 세계문화유산으로 등록되어 있다.

등의 축제, 빛의 축제와도 같은 투본강 가의 신비로운 야경에 취해 걷다가 소원등을 사서 강물에 띄웠다. 쌀알에 이름을 새겨 목걸이와 팔찌를 만들어 주는 노점에선 호찌민 시민들도 인정한 예진이의 미모가 또 한 번 빛을 발해, 멤버 모두 착한 가격에 쌀알 목걸이를 장만하기도 했다. 다음 날부터 진행될 본격적인 평화 기행 프로그램을 앞둔 밤, 7월의 호이안은 건기에 속했지만 베프의 여정은 우기로 접어들고 있었다.

"호이안은 도보 관광이 가능한 곳이에요. 올드타운의 주요 명소들을 둘러보기 위해 종합 티켓을 샀어요. 박물관, 전통 가옥, 사원 등 모두 다섯 군데의 명소를 돌아볼 수 있는 입장권이거든요. 작은 도시 안에서 중국·일본·베트남 건축 양식을 두루 볼 수 있다는 게 흥미로웠어요. 가장 좋았던 건 야경이었어요. 밤이 되자 강가를 따라 온통 휘황찬란한 등불이 내걸리는데, 왜 호이안을 두고 밤이 더 아름다운 도시라고 하는지 알 것 같았어요." _박정환

호이안 투본강에 띄우는 소원등

기억의 여정

"우는 것도 죄송하더라고요"

◆ 퐁니·퐁넛마을 민간인 학살 사건
1968년 2월 12일, 퐁니·퐁넛마을 주민 74명이
숨진 채 발견됐다. 주월 미군 사령부와 베트남
당국은 이날 마을을 지나갔던 대한민국 해병대
소속의 청룡부대가 학살을 자행한 것으로
지목했다.

아침 일찍 버스를 타고 호이안에서 한 시간 남짓 떨어진 꽝남성 땀끼시 판쩌우찐중학교로 향했다. 판쩌우찐중학교는 민간인 학살 사건이 일어난 퐁니·퐁넛마을*에서 가까운 학교이다.

1기, 2기의 베프 기행으로 이미 아는 얼굴들끼리 반갑게 인사를 나누고 처음 만난 친구들끼리 서로 얼굴과 이름을 익힌 뒤, 퐁니·퐁넛마을 입구에 자리한 위령비를 찾았다. 무더운 날씨에도 베프 멤버들이 긴 바지와 긴 치마를 챙겨 입은 이유는, 이 참배 일정 때문이었다.

"2기 기행 때도 갔던 곳이라 익숙한 얼굴이 많았어요. 그때 짝이 되어 친하게 지낸 친구가 있었는데, 여행에서 돌아온 뒤에도 페북으로 계속 연락을 주고받았거든요. 우리도 마찬가지지만, 그 친구들에게도 외국 친구를 사귄다는 것 자체가 꽤 설레는 일인 것 같아요. 케이팝 때문에 한국에 대한 호감이 크기도 했고요. 한국 아이돌 공연을 직관하는 게 꿈이라고 하더라고요. 짧은 영어로도 금세 소통할 수 있었던 건 그런 공통점 때문이었어요." _서예원

위령비에 새겨 넣은 희생자 명단을 보면 출생

판쩌우찐중학교 학생들과의 교류

퐁니·퐁넛마을 학살 희생자 위령비로 가는 길

"1기 기행을 함께 갔던 친구와 3기 기행을 또 함께 가면서 한 가지 약속한 게 있었어요. 유가족 간담회 때 절대 울지 말자고요. 우리가 울면 그분들이 오히려 저희를 위로해 주시거든요. 우는 것도 죄송하더라고요. 하지만 이번에도 참지 못하고 엉엉 울었어요. 우리가 울면 유가족분들은 저희와 동행한 선생님을 장난처럼 나무라세요. 이 아이들이 무슨 죄가 있다고 자꾸 미안하단 소리를 하게 하느냐고요."
_이예진

연도와 이름, 성별을 확인할 수 있는데, 74명의 희생자 중 대부분이 노인, 여성, 어린이였다. 심지어 이름도 갖지 못한 갓난아기까지 있었다. 베프 멤버들은 향을 피우고 참배한 다음, 위령비 주변의 쓰레기를 줍고 지저분하게 자란 잡풀을 정리했다.

참배를 마치고 나서 민간인 학살 사건의 생존자인 응우옌티탄 아주머니를 찾았다. 학살이 일어난 1968년 2월 12일, 당시 여덟 살이었던 응우옌티탄 아주머니는 집 안과 밖에서 오빠와 다섯 살 동생과 이모가 총칼에 맞아 쓰러지는 모습을 목격했다. 아주머니도 배에 총을 맞았지만 가까스로 도망쳐 구조됐다고 한다. 다낭외국어대학교 학생들의 통역으로 아주머니의 증언을 전해들은 베프 멤버들은 한 명 한 명 돌아가며 아주머니를 안았다. 울음을 터뜨리며 미안하다고 말하는 아이들을 아주머니도 꼭 안아 주었다.

생존자 응우옌티탄 아주머니와 함께

응우옌티탄 아주머니 집 앞에서 다 함께

기억의 여정

웃음을 되찾아야 하는 이유

판쩌우찐중학교 친구들과 함께 쭝타잉 벽화마을을 찾았다. 오래된 가옥과 담장을 수놓은 정겨운 그림은, 소박한 어촌에 평화로운 분위기를 자아내고 있었다. 한국과 베트남 두 나라의 대학생 자원봉사자와 마을 주민들의 참여로 완성된 쭝타잉 벽화마을은 한국 사람들을 반갑게 맞아 주었다.

골목을 돌다 마주치는 마을 사람들에게 "신짜오!" 하고 베트남 말로 인사를 건넬 만큼, 멤버들은 명랑해졌다. 베프 팀은 위령비 참배와 유가족 간담회를 진행한 다음 날엔 반드시 마음을 돌보는 시간을 갖고자 했다. 기억의 의무를 짊어지는 것은 당연했으나, 참혹한 역사의 무게에 짓눌려 끙끙대고 있을 수만은 없었다. 마음의 근육을 키워야 지속할 수 있는 여행임을, 몇 차례의 경험을 통해 베프 멤버들은 알고 있었다.

오후엔 꽝남성 푸닝군에 위치한 '한국─베트남 평화의 마을'을 찾았다. 베트남 전쟁 당시 고엽제 피해가 가장 컸던 마을 중 하나로, 2010년에 국가보훈처와 대한민국상이군경회가 고엽제 환자와 그 2세의 치료를 위해 주거 시설과 재활 의료 시설을 건립해 기증한 곳이다.

베프 멤버들은 그 동안 열심히 연습한 노래 '아리랑'과 베트남 사람이라면 누구나 안다는 노래 '대승리의 기쁜 날에 호 아저씨와 함께 하듯'을 불렀는데, 다들 열렬히 호응해 주었다.

"한눈에도 중증 환자로 보이는 분들이 많아 마음이 무거웠어요. 그런데 초점 없는 눈동자로 가만히 앉아 계시던 아저씨 한 분이 갑자기 손짓으로 저를 부르시더라고요. 무슨 말씀을 하시려는 걸까 싶어 가까이 다가갔더니 아무 말 없이 꼭 안아 주셨어요. 반가움과 슬픔과 한이 뒤섞인 감정이 그대로 전해져 울컥했어요. 한국에 돌아와서도 문득문득 평화의 마을에서 만났던 그분의 얼굴이, 그 표정이 떠오르곤 해요." _김우락

기억의 여정

팜티호아 할머니의 유언

하미마을 위령비 앞에 선 베프 멤버들의 마음은 퐁니·퐁넛마을에 갔을 때보다 더 무거웠다. 위령비 뒤쪽, 비문이 있어야 할 자리를 덮은 연꽃 문양 대리석 때문이었다. 대리석을 걷어 내면, 하미마을 민간인 학살 사건◆의 전 과정을 소상히 밝힌 원래의 비문이 있다고 했다.

◆ 하미마을 민간인 학살 사건
1968년 2월 22일, 대한민국 해병대 소속의 청룡부대가 베트남 꽝남성 디엔반현에 위치한 하미마을 주민 135명을 학살하고 가매장한 사건이다.

연꽃 문양 대리석으로 비문이 덧씌워진 하미마을 위령비

하미마을 위령비는 2000년 12월, 월남참전전우복지회의 기부금으로 세워졌다. 위령비를 세우던 중에 학살의 경과를 낱낱이 적은 비문을 보고 월남참전전우복지회가 그 내용을 수정해 달라고 요구했다. 이에 마을 주민들은 사실 그대로 적은 기록을 한 글자도 지울 수 없다며 거부했다. 결국 위령비는 비문을 지우지 않은 채, 그 위에 연꽃 문양이 그려진 대리석을 덧씌워 세워졌다. 베프 멤버들은 위령비에 얽힌 사연을 듣고 복잡한 마음으로 참배를 마쳤다.

일행은 팜티호아 할머니 집으로 향했다. 이미 2013년에 돌아가신 팜티호아 할머니는 학살 당시 자식을 잃고 두 발목이 잘린 채 살아남았다. 할머니는 살아생전 한국에서 온 많은 방문자들을 맞아 하미마을 학살에 대해 증언을 했다.

팜티호아 할머니를 대신해 할머니의 큰아들인

"팜티호아 할머니가 돌아가시기 전에 이런 말씀을 남기셨대요. 자신이 죽고 난 뒤 한국에서 친구들이 오면 잘 대해 주라고, 그 친구들에게 내가 용서하고 갔다고 꼭 전해 달라고요. 할머니의 유언을 전하며 록 아저씨가 노래를 한 곡 불러 주셨는데, 겨우 눈물을 참고 있던 아이들까지 다 울었어요. 가사를 못 알아들어도 엄청 슬펐거든요. 아저씨의 노래가 끝난 뒤 통역해 주는 누나들이 전해 주길, 돌아오지 못하는 가족을 그리는 내용이라 하더라고요." _박정환

하미마을 유가족 간담회

록 아저씨가 베프 멤버들을 맞이했다. 록 아저씨는 하미 학살 때 집을 떠나 다낭에서 일을 하고 있어서 죽음을 면할 수 있었는데, 전쟁이 끝난 뒤 땅에 묻혀 있던 지뢰에 눈을 다쳐 시력을 잃고 말았다. 록 아저씨가 고통스러운 기억을 이야기할 땐 아저씨 손의 떨림으로 깊은 슬픔이 고스란히 전해졌다.

"잘 가요, 기억해 줘서 고마워요"

팜티호아 할머니 집을 나와 인근 하미해변에 들렀다. 베프 멤버들은 판쩌우찐 친구들과 수건돌리기, 둥글게 짝짓기, 꼬리잡기 등 소풍 놀이의 모든 것을 하면서 놀았다. 멤버들은 울어서 퉁퉁 부은 눈을 반달로 접고 까르르 웃었다. 그리고 세상 걱정 없는 강아지들처럼 해변에서 신나게 뛰어놀았다.

판쩌우찐중학교로 가서 송별식을 하는 동안, 다들 또 한바탕 눈물을 쏟았다. 아침부터 저녁까지 눈물이 마를 새 없는 하루였다.

"하미마을을 찾은 날은 판쩌우찐중학교와의 교류 마지막 날이었어요. 3일 동안 프로그램을 함께하며 아이들과 친해졌는데 헤어질 생각을 하니 서운하더라고요. 베트남 친구들은 대부분 베프 멤버들보다 두세 살 씩 어렸어요. 우리를 '언니', '오빠'라 부르며 잘 따랐죠. 학살이 일어난 마을 인근 중학교를 다니는 친구들이지만, 그 사건에 대해선 잘 모르고 있었어요. 베프의 기행을 함께하며 처음 알게 된 참혹한 진실 앞에서 충격이 컸을 텐데, 울다가도 오히려 우리를 위로해 주던 게 기억에 남아요. 먼저 말해 줘서, 기억해 줘서 고맙다고요."_서예원

여행은 여행

끝나지 않은 여행을 위한 쉼표

다낭공항에서 호찌민으로 가는 밤 비행기를 타기까지, 베트남에서의 마지막 하루는 보통의 여행자들처럼 지냈다. 호이안의 전통 도자기 마을 체험과 다낭 시내 관광이 그것. 내리 사흘 동안 역사의 참혹한 진실을 쫓아온 베프의 여정엔, 그처럼 평범한 쉼표도 필요했다. 슬픔의 손을 잡고 몸을 떨며 울던 멤버들은 야시장을 주름잡던 흥정의 고수이기도 했으니, 쨍하게 웃고 떠들다가도 이내 스콜처럼 눈물을 쏟아 내는 멤버들은 우기의 베트남 같았다.

호이안 전통 도자기 마을에서

여행을 끝내고 일상으로 돌아오고 나서도 멤버들은 각자의 자리에서 베프의 평화 기행을 이어 가고 있다. 베트남에 관한 뉴스가 나오면 귀를 쫑긋 세우는 버릇이 생긴 것도, 불편하고 아픈 진실과의 만남을 주변에 자꾸 권유하는 것도, 끝나지 않은 이 여행의 긴 꼬리인 셈이다. 페이스북으로 연결된 판쩌우찐중학교 친구들과 다낭외국어대학교 학생들의 안부를 살뜰히 챙기는 일도 그중 하나.

'기억'을 약속한 베프의 여행엔 마침표가 없다. 한 기수의 여정이 끝나면 다음 기수의 여정이 곧 시작되기 때문이다. 역사의 이면을 들춰 마주한 어두운 진실은 여리고 착한 마음에 상처를 냈지만, 베프 멤버들은 스스로 상처를 치유하며 기꺼이 짊어진 기억의 의무를 수행하는 중이다. 때로는 발랄하게, 때로는 진중하게.

베프 기행에 통역을 도와줬던 대학생들 중에 우리나라 대학교에 교환 학생으로 온 누나가 있어요. 그 누나의 한국 이름도 우리 베프 멤버와 같이 '예진'이에요. 제가 제2외국어로 베트남어를 준비한다고 하니 그 누나가 무척 반가워했어요. 자신이 도울 게 없는지 늘 물어보는데, 실제로 학교 과제를 하며 도움을 쏠쏠히 받았어요. _박정환

학살의 희생자와 생존자만이 전쟁의 피해자라고 생각하지 않아요. 참전 군인도 피해자죠. 우리와 마찬가지로 평범했던 사람들이 살인자가 되어 돌아온 거잖아요. '슬퍼요, 눈물이 나요, 죄송합니다'에서 멈추지 않고, 미래를 향해 한 발자국 더 나아가야 할 때라고 생각해요. 사실 베프를 소개하는 말에 그 한 발자국에 대한 힌트가 들어 있어요. '베트남전 당시 한국군의 민간인 학살에 대해 공부하고 알리며 평화를 꿈꾸는 청소년들의 자치 모임입니다.'라는 말 중 '평화를 꿈꾸는', 바로 이 구절이 핵심이에요. _이예진

열일곱, 여름날의 동화

연일 유례없는 폭염이 계속되며 그 기록을 갈아 치우던 2016년 여름,
3박 4일 동안 다섯 개의 시와 도로 이어진 '벼랑 끝 기억 여행'은 그리움이 길을 낸 여행이었다.
멸종 위기에 놓인 물범과 유년의 놀이터처럼, 지키고 싶은 가치를 방향키 삼아
길을 떠났다. 길 위에서 만난 찬란한 여름 산과 바다엔 어린아이처럼 녹아들고,
타인의 고통 앞에선 마음과 귀를 열었다. 아름다운 자연이든 이웃의 아픔이든,
'기억'한다는 것은 공감과 연대의 첫 발자국임을 알았다.

이우고등학교 1학년 4반 친구 여덟 명이 모였다. 함께 '벼랑 끝 기억 여행'을 떠나기 전까지만 해도 그냥 같은 반 친구들일 뿐 특별히 절친한 그룹은 아니었으나 열일곱의 여름, 길 위에서 쌓은 기억을 통해 잊지 못할 길동무로 서로에게 자리매김했다.

'벼랑 끝 기억 여행'이란?

담임 선생님으로부터 청소년을 대상으로 한 여행 공모전이 있다는 소식을 듣고, 1학년 4반 아이들 사이에선 숱한 여행지들이 거론되기 시작했다. 그중 가장 호응이 컸던 곳이 몽골과 일본이었다. 가윤이를 비롯한 여덟 명의 아이들은 드넓은 초원과 별이 쏟아질 듯한 밤하늘을 꿈꾸는 몽골파였다. 하지만 공모 요강을 다시 꼼꼼히 살펴본 몽골파 여덟 명은 국내 여행 쪽으로 눈을 돌렸다. 열 팀을 뽑는데 국내 여덟 팀, 해외 두 팀을 선정한다니, 아무래도 당선 확률을 높이려면 많이 뽑는 쪽으로 지원해야 한다는 그들 나름의 '전략' 때문이었다.

그럼 국내 어디로 가지? 국내 여행지를 두고 고민할 때, 매력적인 '물범' 카드를 꺼낸 건 승래였다. 수업 시간에 배운, 조력 발전소 건립을 둘러싸고 가로림만에서 벌어진 갈등과 그곳에 서식하는 점박이물범 이야기를 떠올린 것이다. "물범 보러 갈까?" 승래의 제안에 몽골파 여덟 명은 기꺼이 별 대신 물범을 덥석 잡았다. 물범에 꽂힌 특별한 이유는 없다. 별이 총총히 빛나는 몽골의 밤하늘을 보고 싶었던 것처럼 귀한 물범이 보고 싶었을 뿐.

"가로림만은 우리나라에서 물범이 서식하는 두 곳 중 하나래요. 언제 사라질지 모를 귀한 천연기념물이 서식하는 곳인데, 그곳에 조력 발전소를 건립하려는 이들과 반대하는 사람들이 오랫동안 갈등을 빚어 왔다고 들었어요. 가로림만을 다녀온 학교 선배들이 있는데, 물범을 진짜 봤다고 하더라고요. 우리도 그곳에 가서 물범을 볼 수 있을지 무척 궁금했어요." _김승래

'벼랑 끝으로 내몰리다'라는 말은 위급하고 절박한 한계 상황을 표현할 때 쓰는 말이다. 멸종 위기종 물범에 꽂혀 시작된 여행은 '벼랑 끝'이란 단어를 물고 가지를 뻗어 나갔다. 성장과 발전이라는 이름 아래 사라질 위기에 놓인 자연과 더욱 팍팍해진 삶의 터전, 잊고 있었던 유년의 골목길……. 사라지고 잊혀 가는 것들을 이야기하던 멤버들은 '벼랑 끝'에 내몰린 그 무엇들이 '그리움'의 대상이기도 하다는 것을 알았다.

그리움이 낸 길을 따라

경기도 성남시에 있는 이우고등학교에서 출발해 서울 구룡마을과 개미마을, 충남 서산시 가로림만, 전북 무주군 덕유산, 경남 합천군 해인사, 경북 성주군까지, 다섯 개의 시와 도로 이어진 대장정엔 생태적·역사적·문화적 가치와 개발 논리의 대립 속에서 갈등을 겪어 온 동네가 중심이 되었다.

사실 이 여행지 중에는 멤버들끼리 그리움을 주제로 이야기를 나누다 떠올린 동네가 여럿이다. 별것 아닌 놀이 시설만으로도 행복했던 동네 놀이터, 키 큰 나무들이 깊은 그늘을 드리우던 오래된 아파트촌, 아빠와 함께 오르던 산……. 그러니까 유경이는 어렸을

"각자에게 소중한 기억, 그리운 시간과 공간을 주제로 이야기를 나눴어요. 단톡방에서, 방과 후 공터에서 틈만 나면 그런 이야기들을 했는데, 결국은 어릴 때 뭐 하고 놀았다 하는 이야기로 빠지더라고요." _정유경

173

때 살던 동네와 가까운 구룡마을을, 승래는 원추리꽃 만발한 덕유평전을 떠올리는 식이었다.

"고등학교를 졸업하게 되면 지금 여기, 우리 학교도 그리운 기억이 되겠지?" 여행 계획을 짜던 중 누군가 던진 이 한마디에 '벼랑 끝 기억 여행'의 시작점은 학교가 됐다.

대부분의 여행지는 멤버들이 찾고 결정했지만, 합천 해인사와 성주는 인솔 교사이자 렌터카 '기사님'으로 함께한 담임 선생님의 추천 여행지였다. 한창 뉴스에 오르내리는 사드 문제가 궁금했던 멤버들은 그 뜨거운 도시를 냉큼 받았다. 해인사는 '성주까지 가서 팔만대장경을 보지 않고 돌아올 순 없다'는 선생님의 강한 신념에 설득되어 들른 곳이다. 한국사를 가르치는 선생님의 뜻을 따라 넣은 일정이었지만, 고요한 산사를 쩌렁쩌렁 호령하는 듯한 해인사 법고 소리는 아이들에게도 잊지 못할 한순간으로 기록됐다.

여행지 정보는 머릿속에만 저장하기로

사진과 동영상 촬영은 유니, 숙소 예약은 민영, 자료집 편집은 가윤. 이렇듯 꼭 필요한 역할을 가위바위보로 정하고, 유경이는 개미마을을, 승래는 덕유산을 맡는 식으로 여행지마다 자료 조사 담당을 정했다. 준비 과정에선 모두 어지간히 열심히 했다. 가령

민영이는 수많은 숙박 예약 사이트를 동시에 띄워 놓고 매의 눈으로 비교 분석했고, 가윤이는 친구들이 준비한 여행지 리포트를 한 권의 자료집으로 야무지게 편집했다. 정작 여행을 떠나며 애써 만든 자료집을 챙겨 온 친구는 아무도 없었지만 말이다. 그래도 자신이 자료 조사를 맡았던 여행지에 도착하면 불현듯 전생의 기억처럼 떠오르는 관련 정보를 가이드처럼 줄줄 꿰었다고 하니, 예습 효과는 톡톡히 본 셈이다.

사라지고 잊혀 가는 것들을 찾아 길을 나선 이우고 팀원들

서울의 과거를 품고 있는 마지막 마을들

캐리어를 끌고 배낭을 멘 아이들이 차례차례 도착하기 전까지, 방학을 맞아 텅 빈 학교는 철 지난 바닷가처럼 고요했다. 언젠가 먼 기억 속에서 불러내게 될 익숙한 풍경을 낯설게 바라보며, '벼랑 끝 기억 여행'이 시작됐다.

서울 강남의 마지막 판자촌, 개포동 구룡마을은 1970년대 말부터 시작된 도심 개발에 밀려 오갈 데 없는 사람들이 하나둘 모여들면서 이루어진 마을이다. 마을 가까이에 들어선 도곡동 타워팰리스와 함께 '강남의 빛과 그림자'로 불린다. 서울시가 추진하는 도시 개발 사업으로 구룡마을 판자촌은 곧 철거되고, 2020년 완공 목표로 아파트촌이 들어설 예정이다.

"구룡마을은 내가 어렸을 때 살던 동네와 가까운 마을이에요. 재개발로 사라지기 전에 한번 가 보고 싶었어요. 동네를 돌아다니다 보니 어릴 적 기억이 하나둘 떠오르더라고요. 다닥다닥 붙어 있는 판잣집 중엔 빈집도 많았지만, 마을엔 교회도 있고 절도 있었어요. 마을을 걷다 마주치는 동네 어르신들도 우리가 인사드리면 웃어 주셨어요. 마을을 들어서기 전에 암울한 분위기를 상상하며 긴장했는데, 마음이 좀 풀어졌어요." _정유경

구룡마을을 나와 홍제동으로 이동했다. 인왕산 등산로 입구에 자리한 개미마을은 서울에 몇 남지 않은 달동네 가운데 하나이다. 6·25 전쟁 이후 삶의 터전을 잃은 사람들이 천막을 치고 살다 형성된 마을인데, 옹기종기 모여 있는 천막이 미국 서부 영화 속 인디언 마을을 닮았다 하여 한때는 '인디언촌'으로 불리기도 했다. 달동네들이 흔히 그렇듯 개미마을도 재개발을 둘러싼 찬성과 반대

구룡마을

의견이 오랫동안 팽팽하게 맞서 왔다. 지금은 보존과 문화 특구 지정 쪽에 힘이 더 실린 상황이다. 요즘엔 낡은 담벼락에 그려진 예쁜 벽화와 영화 〈7번방의 선물〉 촬영지로 입소문이 나면서 관광객의 발길이 이어지고 있다.

서울에서 서산까지는 자동차로 세 시간 남짓 걸렸다. 첫날 저녁은 멤버들 간에 무엇을 먹을지 의견이 모아지지 않아 각자 먹고 싶은 것을 사 가지고 숙소에 들어와 먹기로 했다. 너무 배가 고픈 나머지 상도 펴지 않은 채 회, 매운탕, 닭발과 편의점에 산 먹을거리를 방바닥에 쭉 펼쳐 놓고 허겁지겁 먹었다. 이상한 조합인데도 꿀맛 같은 저녁 식사였다.

첫째 날의 벼랑 끝 Diary

집들 사이의 간격은 생각보다 좁았고 빈집이 많았다. 고지서가 쌓인 우체통은 시간이 멈춰 있는 듯 보였는데, 문틈으로 들리는 텔레비전 소리가 같은 시간 속에 있는 마을이라는 것을 상기시켜 주었다.
_구룡마을에서, 안동준

낡은 교회의 십자가, 회색빛 좁은 길을 따라 다닥다닥 붙어 있는 판잣집들. 유독 밝은 색깔을 머금은 해바라기 몇 송이가 도드라지게 피어 있는 마을 초입은 묘하게 아름다웠다. 민감한 지역이라 주민들이 무표정하고 경계심을 가질 거라고 생각했는데 전혀 아니었다. 음료수를 사려고 들른 구멍가게 주인할머니는 이렇게 더운 날 밖에서 오래 돌아다니다간 쪄 죽는다며 부채를 나눠 주셨다. 정말 소중한 선물이었다. _구룡마을에서, 김승래

필름 한통으로 36장밖에 찍을 수 없는 카메라. 그래서 셔터를 누르기까지 꽤 오랜 시간 고민하게 된다. 하지만 이 마을에서는 고민할 필요가 없었다. 벽화와 어우러진 마을 풍경이 마냥 아름다웠다. 그래서 계속 셔터를 눌렀다. 몇 장을 찍었는지도 잘 모르겠다. 나중에 인화해 보면 개미마을 사진만 있는 건 아닐까 걱정이 된다. 오랜만에 땀을 뻘뻘 흘리며 놀이터에서 놀았다. 어릴 적 타고 놀았던 그 놀이 기구들을 지금 친구들하고 즐기는 느낌은 정말 새롭고 좋았다. _개미마을에서, 김가윤

물범은 전문가 눈에만 보인다

'벼랑 끝 기억 여행'의 영감을 준 서산 가로림만은 조력 발전소 건설을 둘러싼 갈등이 몇 년 동안 이어져 온 곳이다. 충남 서산시와 태안군 사이에 있는 가로림만은 점박이물범 등 보호 대상 해양 생물의 서식처이자 다양한 수산 생물의 산란장으로, 지역 어민들에겐 소중한 삶의 터전이기도 하다. 오랜 공방 끝에 2016년 해양수산부는 가로림만 해역을 해양 보호 구역으로 지정하고, 조력 발전소 건설 계획을 백지화했다.

물범으로 시작된 여행인 만큼 물범과의 만남에 거는 기대가 가장 컸다. 하지만 "저~기, 저거!"라며 먼 바다를 가리키는, 실은 수면 위로 잠깐 머리를 내민 물범을 가리키는 가로림만 이장님의 손끝을 쫓는 것으로 만족해야 했다. 뭔가 둥근 물체를 보긴 봤으나 '물범 전문가' 이장님의 인증 없인 절대 물범인지 모를 형태로 물범을 만났다.

썰물 때만 나타나는 바다 한가운데 모래섬인 풀등에서 뛰놀던 시간과 배 위에서 이장님이 갓 잡은 꽃게를 넣어 끓여 준 라면, 그리고 생을 걸고 가로림만을 지켜 온 마을 주민들의 이야기는 모든 날이 기억할 만한 '벼랑 끝 기억 여행'에서도 특히 더 좋았던, '결정적 순간'으로 손꼽는다.

가로림만을 떠나 무주로 향했다. 충남 서산에서 전북 무주까지는 시간이 꽤 걸렸다. 그나마 여름 해가 길어, 일몰 후 붉은 잔영이 어슴푸레

"이장님은 가로림만에 서식하는 물범 숫자를 연도별로 죽 꿰고 계시더라고요. 가로림만에 대한 사랑과 자부심을 느낄 수 있었어요. 이장님이 '저기 물범 나왔네.' 하면 그쪽을 향해 무조건 사진을 찍었는데, 24배로 확대하면 물범의 머리가 희미하게 보이는 정도였어요." _윤경하

남아 있을 때쯤 무주에 도착했다. 다음 날로 계획된 덕유산 등반을 위해 일찌감치 쉬기로 했지만, 무주의 첫 밤은 또한 무주의 마지막 밤이기도 해서 멤버들은 쉬이 잠들 수 없었다. 더욱이 숙소엔 미니 풀장이 딸려 있었으니, 밤엔 수영을 할 수 없다고 했지만 조용히 놀겠노라 숙소 주인과 약속하고 한밤의 수영장을 독차지했다.

"수영장을 밝힐 조명이 따로 없었어요. 별빛이랑 달빛밖에 없는 깜깜한 밤이라 사진 한 장 못 찍었지만, 진짜 재밌었어요. 어떤 꼬마가 엄마랑 지나가면서, '밤에 수영하면 안 되는데, 저기 형들이랑 누나들이 놀고 있어요.'라고 했던 게 생각나요. 조용히 놀겠다고 약속했는데, 너무 신나게 노느라 그 약속을 못 지킨 것 같아요." _김민영

둘째 날의 벼랑 끝 Diary

이장님의 배를 타고 가로림만으로 갔는데, 그런 배를 처음 타 봐서 처음엔 많이 긴장했다. 이장님을 도와 꽃게를 잡을 그물을 친 뒤, 물범을 보러 갔다. 이장님이 어렸을 적엔 물범이 가로림만에 많았고, 배 바로 옆에서 헤엄치고 다닐 만큼 사람과 친했다고 한다. 그런데 요즘은 물범 수가 줄었고, 배 근처에도 오지 않을뿐더러 땅 위에도 모습을 잘 나타내지 않는다고 하셨다. 물범과의 만남은 멀리서 살짝살짝 고개를 내미는 모습을 보는 것으로 만족해야 했다. 정말 아쉬웠다. 그러나 풀등이라는 바다 한복판에 드러난 땅에 발을 딛는 순간, 아쉬움이 사라졌다. 이곳에서의 기억은 내가 생의 마지막날에 되돌아볼 때 떠오르는 장면 중 하나일 것 같다. 사방이 바다로 둘러싸인 밟기 미안할 만큼 예쁜 모래밭에서, 꾸밈없이 오직 내 모습 그대로 존재할 수 있었다. 이런 곳이 사라질 뻔했다니! 이렇게 남아 있어 너무 다행이다. _가로림만에서, 김민영

더할 가(加), 이슬 로(露), 수풀 림(林). 배를 타고 가로림만 한가운데로 나가며, 이름 한번 잘 지었다는 생각이 들었다. 우리가 지나온 길은 온통 숲으로 뒤덮여 있고, 그마저도 안개가 자욱해 잘 보이지 않았다. 배를 타는 일정은 겨우 하루 전에 확정되었는데 정말 잘 선택했다는 생각이 든다. 이장님께 들은 가로림만 이야기도 인상적이었다. 이장님과 어민들이 가로림만을 지키기 위해 싸워 온 역사를 알고 나니 숭고하다는 표현이 아깝지 않았다. 점심으로 먹은 꽃게 라면은 진짜 바다 맛이었다. 꽃게 세 마리에 라면이 고급 음식으로 변했다. _가로림만에서, 안동준

케이블카는 자연과의 공존일까, 인간의 편리일까?

덕유산은 설악산 케이블카 문제를 들여다보던 중, 이번 여행길에서 거리가 먼 설악산 대신 선택한 장소이다. 국립 공원 안에 케이블카를 설치하면 어떤 문제가 생기는지 피부로 느껴 보자는 취지였기에, 일찌감치 케이블카(관광 곤돌라)가 들어선 무주 덕유산을 여정에 넣었다. 올라가는 길에는 곤돌라를 타고 해발 1520미터의 설천봉까지 단 10여 분 만에 도착했다. 국립 공원 중에서 덕유산이 겪는 스트레스 지수가 1위라는 건, 이 달콤한 편리의 이면일 것이다.

"예전에 아빠랑 갔을 땐 케이블카를 타지 않고 걸어서 올라갔는데, 네 시간쯤 걸렸던 거 같아요. 같은 산인데도 그때와 느낌이 완전히 달랐어요. 아름다움도, 감동도 덜했어요. 케이블카 설치로 환경이 훼손된 것도 문제지만, 저는 케이블카를 이용하는 사람들이 산을 대하는 태도가 마음에 걸렸어요. 샌들을 신거나 심지어 슬리퍼를 신은 사람도 눈에 띄더라고요. 산에 대한 최소한의 예의랄까, 그런 게 없어 보였어요. 대자연의 아름다운 경관이 너무 쉽게 허락되는 것은 아닌가 싶어요." _옥승헌

덕유산 하산길

반면, 내려오는 길은 쉽게 산에 들었던 미안함을 내려놓게 한 고난의 대장정이었다. 걸어서 산을 내려오기로 한 계획을 지켜야 했고, 다음 여정을 위해 시간도 아껴야 하는 상황이다 보니 선택은 오직 '빠른 길'이었다. 빠른 길은 험한 길이자 때론 길 아닌 길이기도 해서, 그야말로 야생을 생생히 체험했다. 풀과 덤불이 무성하게 웃자란 스키 슬로프가 그것. 가슴까지 닿을 정도로 높은 풀숲을 헤치며 가파른 내리막길을 내려오는 동안, 멤버들은 뒤처진 친구를 기다렸고, 덤불에 긁힌 상처에 서로 연고를 발라 줬고, 부족한 물을 나눠 마셨다. 그리고 그 와중에도 준비해 간 비눗방울 장난감으로 특수 효과를 연출하며 기념사진을 찍었다. "인생, 참 쓰다……." 덕유산을 내려와 유니가 남긴 저 명대사는 깊은 한숨에도 불구하고 한바탕 웃음바다를 만들었다.

경남 합천 해인사로 가는 길. 아이들은 차에 타자마자 잠들었다

해인사 경내

가 도착할 때쯤 깨어나 다시 또랑또랑한 눈빛과 짜랑짜랑한 웃음을 뿜어냈다. 절 아랫마을 식당에서 비빔밥과 된장찌개로 늦은 점심을 먹은 뒤 해인사로 드는 산길을 걸었다. 또 산이냐는 웅성거림도 잠시, 홍류동계곡을 옆에 낀 아름다운 숲길을 걸으며 멤버들은 가야산의 깊고 푸른 품에 폭 안겼다. 책으로만 보았던 팔만대장경의 실체도 장엄했지만, 저녁 예불을 앞두고 고요한 산사에 우렁차게 울려 퍼지던 법고 소리는 가장 압도적인 그 여름의 소리로 새겨졌다. 한여름 매미 소리도 잠재울 만한 위엄과 위력 그 자체였다.

셋째 날의 벼랑 끝 Diary

곤돌라를 타고 설천봉을 오르면서 3년 전에 백두대간 완주를 목표로 덕유산 능선을 걸었던 기억이 스쳐 지나갔다. 초록으로 가득 찬 몽글몽글한 능선, 그 위로 피어난 뭉게구름, 부드러운 산세와 대조되는 비틀어진 주목……. 그날 덕유평전을 걷던 시간은 내게 짙은 여운을 남겼다. 그런데 다리에 쥐까지 나면서 고된 산행 끝에 도착한 정상에 사람이 너무 많았다. 스키장을 만들면서 잘려 나간 나무와 훼손된 환경뿐만이 아니라, 땀 한 방울 흘리지 않고 정상에 올라 기념사진을 찍는 사람들의 모습에 염증을 느꼈다. 이번에 다시 찾은 덕유산은 이미 익숙해진 탓인지 그때만큼 충격이 크진 않았다. 노약자나 산을 오르기 힘든 분들도 자유롭게 아름다운 풍경을 누릴 수 있으니, 곤돌라의 긍정적인 부분에 차츰 생각이 미치기도 했다. 그러나 우리가 자연과의 '공존'을 이야기하지만, 사실 많은 경우 그 공존도 인간을 위한 것이다. 덕유산은 인간의 소유물이 아니다. 산을 깎고, 스키장을 만들고, 곤돌라를 놓고, 건물을 짓는 이런 행위를 보면서 과연 진짜 공존은 무엇인지, 생태계 안에서 인간의 역할은 무엇인지 고민에 빠질 수밖에 없었다. _덕유산에서, 김승래

국익은 내 삶에 우선할까?

인구 5만이 채 안 되는 자그마한 도시, 성주. 참외 상자에서나 보던 '성주'라는 말이 날마다 뉴스에 등장하기 시작한 건 2016년 여름부터이다. 2016년 7월, 국방부는 성주에 사드(고고도 미사일 방어 체계)를 배치하겠다고 공식 발표했고, 9월 말 사드 배치를 확정했다. 사드가 왜 필요한지, 피해와 부작용엔 어떻게 대비할 것인지 충분히 토론하지도 않고, 주민들이 강력히 반대하는데도 '국익'을 내세워 강행했다.

플래카드가 걸린 성주 도심

'사드 배치 결사반대'를 새긴 플래카드가 도심 곳곳은 물론 아파트 옥상까지 붉게 물들였던 2016년 8월. 가장 뜨거운 날, 가장 뜨거운 도시에서 '벼랑 끝 기억 여행'의 마침표를 찍었다.

"식당에 갔는데 가스 불을 켜다 펑 하는 소리가 나는 거예요. 그 순간 사장님이 '성주 사드 발사!'를 외치셨어요. 몇 초간 정적이 흘렀죠. 웃어야 할지 말아야 할지 모르겠더라고요. 농담도 '사드'로 할 만큼 성주 군민들에게 사드는 일상 깊숙이 들어와 있는 듯했어요." _반유니

넷째 날의 벼랑 끝 Diary

성주는 별고을이다. 광주가 '빛고을'이고 대전이 '한밭'인 것처럼, 성주라는 한자 이름을 풀이하면 '별고을'이 된다. 그런 고즈넉한 시골 마을에 사드 배치는 얼마나 청천벽력 같은 일이었을까? 우리는 성주 중심가를 거닐며 붉은 플래카드들을 무수히 마주쳤다. 과연 우리가 사는 곳은 대한민국일까 대한미국일까 하면서. _성주에서, 김승래

"몽골보다 좋았어, 그치?" "응, 진짜, 진짜!" 아무도 몽골을 다녀온 적은 없지만, 가로림만의 물범은 몽골의 별을 이겼다. 멤버들이 뽑은 '벼랑 끝 기억 여행'의 '베스트 포토'도 가로림만 풀등에서 촬영한 사진이다. 각자 주운 조개껍데기를 발등 위에 올리고 여덟 명이 발을 둥글게 모아 찍은 사진이 그것. 여행을 다녀온 후 꽤 오랜 시간이 흘렀지만, 다들 그 사진 속 조개껍데기를 서랍 속에, 혹은 필통 속에 간직하고 있다.

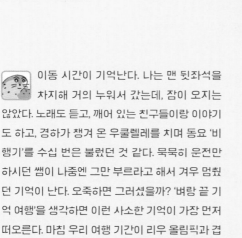

여행 이후, 벼랑 끝 Diary

이동 시간이 기억난다. 나는 맨 뒷좌석을 차지해 거의 누워서 갔는데, 잠이 오지는 않았다. 노래도 듣고, 깨어 있는 친구들이랑 이야기도 하고, 경하가 챙겨 온 우쿨렐레를 치며 동요 '비행기'를 수십 번은 불렀던 것 같다. 묵묵히 운전만 하시던 쌤이 나중엔 그만 부르라고 해서 겨우 멈췄던 기억이 난다. 오죽하면 그러셨을까? '벼랑 끝 기억 여행'을 생각하면 이런 사소한 기억이 가장 먼저 떠오른다. 마침 우리 여행 기간이 리우 올림픽과 겹쳤는데, 밤마다 숙소에서 친구들과 함께 올림픽 경기를 본 것도 재밌었다. 여행은 '어디를 가는지'보다 '누구와 함께 가는지'가 더 중요한 것 같다. _옥승헌

우리는 점점 그 여름, 길 위에 있던 시간과 멀어져 간다. 민들레 같고 매미 울음소리 같은 잔상들이 어렴풋한 추억으로 남았을 뿐. 하지만 그것은 분명 한여름의 팥빙수 같은 선물이었다. 이 여행이 다른 여행보다 더 우리 마음속에 오래도록 자리 잡을 것이다. 준비와 마무리 과정이 실제 여행만큼이나 풍부했으며, 평소 우리가 즐기는 여행과는 사뭇 다르게 '잊혀 가는 것들에 대해 기억함'이라는 감성적인 주제를 들고 좋아하는 친구들과 떠난 여행이었기 때문이다. 구룡마을과 개미마을, 가로림만, 덕유산과 해인사, 그리고 성주까지, 우리가 방문했던 곳들은 모두 제 나름의 이야기를 가지고 있었고, 그래서 더욱 아롱아롱하게 빛났다. _김승래

지난 여행을 생각하면 초록, 파랑, 노랑…… 이런 찬란한 빛깔들이 뭉게뭉게 피어오른다. 좋은 기억이 너무 많지만 개미마을 놀이터와 가로림만 풀등에서 친구들과 어린아이처럼 뛰어놀던 시간이 특히 행복했다. _정유경

덕유산에서 내려오는 길이 힘들긴 했는데, 가장 기억에 남는 장면도 그 하산길이다. 도중에 멈춰 있던 리프트에 앉아 꿀 같은 휴식을 가진 순간이 있었다. 하늘은 맑고 바람은 시원하고, 주변은 온통 초록에다 자잘한 들꽃이 만발해 있었다. 그때 내가 촬영용으로 준비해 간 비눗방울 장난감을 꺼냈는데, 정말 챙겨 오길 잘했구나 싶었다. 비눗방울 속에 웃고 떠들던 친구들의 모습이 영화 속 한 장면처럼 남아 있다. _윤경하

친구들과 함께하는 순간들을 특별하게 간직하고 싶다는 생각에, 처음으로 필름 카메라를 챙겨 갔다. 그런데 내가 다 찍은 필름을 감을 때 덮개를 열고 감은 거야! 필름 카메라를 처음 사용해 본 거라, 그땐 몰랐다. 여행에서 돌아와 사진을 인화하려고 보니 이미 다 증발해 버리고 아무것도 남아 있지 않았다. 무척 아쉽긴 했는데, 카메라에 담았던 풍경들이 아직도 생생히 기억난다. 쉽게 찍고 지울 수 있는 디지털 카메라와 달리 필름 카메라는 뷰파인더를 통해 신중하게 맞춰 보면서 셔터를 누르게 되는데, 그 과정을 거치니 기억에 더 오래 남는 것 같다. 나는 여행을 갈 때마다 기록을 잘 남기려고 신경 쓰는 편이다. 하지만 기록을 남겨야 한다는 부담감 때문에 오히려 놓치는 것들이 생기기도 한다. 다음 여행에선 기록에 대한 부담을 내려놓고 좀 더 가볍게 풍경, 생각, 느낌을 즐기고 싶다. _김가윤

여행에서 남는 건 사진뿐?
No, 이젠 새로운 시선의 사진!

스마트폰의 발달로 우리는 모든 순간을 사진으로
기록하는 시대에 살고 있다. 온라인을 통해 하루에도
수십 번씩 '같은 장소, 다른 풍경'을 만나기도 한다.
학교 앞 작은 카페, 집으로 돌아가는 골목길, 반짝이는
야경 같은 흔한 일상을 담고 있지만, 저마다 다른
시선의 사진들이 올라오기 때문이다. 여행 사진도
크게 다르지 않다. 천편일률적인 사진에서 벗어나
나만의 시선을 포착하고 싶다면 '새로운 눈'으로
풍경과 사물을 바라보는 연습을 해 보자.

이것만은 알고 촬영하자

1. 렌즈를 잘 닦자
촬영하기 전에 가장 먼저 할 일은 렌즈를 닦는 것이다.
막 꺼낸 카메라의 렌즈에는 미세한 먼지가 붙어 있어
하얀 눈밭이거나 안개, 하늘을 촬영할 때 까만 점 같은
먼지들이 보이기 십상이다. 스마트폰으로 촬영한다면
스마트폰을 보호하려고 씌운 케이스 때문에 깊이가
생겨 렌즈 부분에 늘 먼지가 쌓인다. 촬영하기 전에
카메라와 스마트폰의 렌즈를 면봉 같은 것으로 닦는
것이 좋다.

2. 사진의 생명은 명암, 구도, 색
음악에 '강약중강약'과 같은 박자가 있듯 사진에도
명암, 구도, 색으로 이미지에 박자와 리듬을 만들어
주어야 한다. 빛과 그림자의 차이를 이용하거나,
프레임 위에 강조하고 싶은 인물이나 사물을 의도에
맞게 작거나 크게 배치한다. 또 톤을 통일해 안정감을
주거나 보색 대비로 강조해 주면 좋다.

· 명암
카메라의 경우 EV버튼으로 +나 −로 조정하면 된다.
취향에 따라 밝은 쪽은 밝게, 어두운 쪽은 더 어둡게
해 그림 같은 사진을 만들거나, 혹은 실수로 어둡거나
밝게 찍힌 사진을 원래 모습으로 만들 때 도움이 된다.

스마트폰의 경우 카메라 앱을 실행하고 액정을 살짝 터치
하면 기다란 막대기가 뜨는데 막대기를 따라 +나 −로
조정하면 밝게 또는 어둡게 나타낼 수 있다.

· 구도
구도는 사진의 각도를 말하는데, 영어로는
'앵글(Angle)'이라고 한다. 세 가지 앵글을 기억하면
좋다. '수평 앵글'은 표준 구도로, 피사체를 눈높이를
따라 수평으로 보며 촬영하는 각도이다. '하이 앵글'은
대상을 높은 곳에서 내려다보며 촬영하는 것이고, '로
앵글'은 하이 앵글의 반대로 피사체를 낮은 곳에서 위로
올려다보며 촬영하는 방법이다.

• 색

다양한 색을 가진 피사체를 선택하는 가장 기본적인
방법과 함께 애플리케이션과 필터를 활용하여 임의로
색을 넣는 방법이 있다. 빨갛고 노란 꽃과 파란 하늘의
대비, 흰 벽 앞에 화사한 옷을 입은 여인, 짙은 갈색 테이블
위 하얀 크림이 올라간 커피 등. 일상에서 색의 대비가
있는 사물을 선택하는 것만으로도 사진이 훨씬 정돈되어
보인다.

3. 초점과 반셔터를 확인한다

사진 속에 명암, 구도, 색이라는 세 요소가 알맞게 녹아
있다면 마지막으로 초점이 잘 맞았는지, 혹은 원하는
곳에 맞았는지 확인한다. 초점을 맞추기 위해서는
'반셔터'를 이용하면 된다. 셔터를 끝까지 누르지 않고
중간 정도만 누른 상태로, 초점과 함께 적당한 양의
빛을 노출시키는 데 중요한 역할을 한다.

4. 다양한 팁

• 10초 이상의 타이머가 되는 스마트폰과 들고 다니기
  쉬운 미니 삼각대. 이 두 가지만 있으면 혼자 여행해도
  남이 찍은 것 같은 사진을 남길 수 있고, 단체 여행에서
  사진을 찍기 위해 누구 한 명이 빠지는 일도 없다.

• 배경의 원근감을 활용해 태양을 손에 둘 수 있는
  신기한 사진을 만들거나, 단체 사진이지만 얼굴이 나오지
  않는 모습을 찍거나, 간단한 점프 사진의 경우 뒷모습,
  하늘 배경, 그림자, 로 앵글 등으로 조금씩 달리한다면 좀
  더 드라마틱한 사진을 얻을 수 있을 것이다.

• 시간의 흐름을 따라가 보자. 내가 갖고 있는 옛 사진 속
  장소를 찾아가거나, 옛 사진과 똑같은 모습으로 촬영해
  보자.

내 손 안의 똑똑한 카메라, '스마트폰'을 길들이자

기술의 발달로 작지만 뛰어난 기능을 갖춘 카메라들이
꽤 많다. 그렇지만 여행과 일상의 기록을 위해서는
언제나 들고 다니기 편한 스마트폰이 가장 적합하다.
스마트폰의 카메라는 날이 갈수록 좋아지고 있다.
예전엔 따로 사진 애플리케이션을 깔아야만 원하는
효과를 나타낼 수 있었지만, 요즘엔 기기 자체에 아웃
포커스, 명암과 색, 필터 효과 등 다양한 기능이 담겨
있다. 카카오스토리, 인스타그램, 페이스북 등의 SNS
업로드 기능에도 다양한 필터 효과가 있어서 원하는
느낌을 표현해 낼 수 있다. 명암, 구도, 색, 초점 이
네 가지만 기억해도 우리는 여행뿐만 아니라 일상을
새로운 시선으로 기록할 수 있다.

_최차랑(조슈아나무 예술융합교육연구소)

그림, 나만의 감수성으로 여행을 편집한다

여행의 시간을 기록하는 여러 도구 중 '그림'은
뜻밖에도 매우 유용한 도구가 될 수 있다. 그림을
그린다는 것은 지금 내가 바라보는 것, 지금 내 마음
속에 강하게 떠오르는 인상을 나만의 감수성과
상상력을 담아 시각적으로 표현해 내는 일이다.
우리는 종종 이미 다녀온 여행의 시간을 이미지로
기억하곤 한다. 여행을 하면서 직접 그린 그림은
자칫 흐릿하게 남을 여행지의 이미지를 또렷하게
떠올리도록 해 주고, 여행할 당시의 감흥으로
되돌아가도록 도와주는 연결선이 될 수 있다. 다시
말해 그림은 여행의 시간 속에서 나를 기록하고,
돌아와서 여행을 추억하는 데 중요한 매개가 된다.

그림은 사진이나 동영상과는 어떻게 다를까?

사람들은 흔히 대상을 사실처럼 똑같이 묘사하는 것을
잘 그린 그림이라고 생각한다. 하지만 결코 그렇지
않다. 그림은 자기만의 심상을 표현하는 것이므로
내가 기억하고 싶은 것과 지우고 싶은 것을 마음대로
결정할 수 있다. 스케치북 안에 내가 그리고자 하는
대상만을 그리고, 그 밖의 것들은 그리지 않아도 된다.
그렇기 때문에 사람들이 같은 시간에 같은 풍경이나
대상을 보고도 서로 다른 그림을 그리게 되는 것이다.
더욱이 여행 그림은 전문가가 아니라도, 또 그림에
소질이 없더라도 종이와 펜만 있으면 누구든지 그릴
수 있다.
사진과 동영상은 카메라를 통해 찍히는 이미지이므로
카메라의 기계적 메커니즘의 한계를 벗어난 이미지를
만들기는 어렵다. 카메라를 동일한 빛의 조건과
피사체, 노출값으로 설정해 놓으면 어느 누가 셔터를
눌러도 같은 이미지가 나올 것이다. 그에 비해 그림은
그리는 사람의 감수성과 감각, 표현 도구에 따라
표현이 다채롭다는 것이 사진이나 동영상과 가장 큰
차이이다.
게다가 여행지의 풍경을 그림으로 그리면 사진만 찍고

지나갔을 때와는 다르게 대상의 특징과 색깔을 더
세밀하게 관찰할 수 있다. 그만큼 여행지의 풍경이나
대상이 오래도록 마음에 남는다.

수첩과 연필만으로도 좋다!

그림을 그릴 때 이럴 때는 이것으로, 저럴 때는
저것으로 그려야 한다고 정해진 것은 없다. 자기가
그리기 편하고, 자신에게 잘 맞는 도구를 찾아
사용하면 된다. 특히 여행 중에는 가방에 넣고 다니기
편한 수첩이나 작은 노트에 볼펜으로 그려도 좋다.
마땅한 종이가 없다면 카페에서 나오는 냅킨이나 종이
컵받침에 그려도 된다.
점차 그리는 습관이 몸에 배면 연필이나 볼펜 같은
일반적인 드로잉 도구 말고도 목탄이나 콩테, 파스텔
등 여러 재료를 고루 써 보자. 다양한 표현 재료를
쓰면서 재료의 특성을 경험해 보면 자신의 미적
감수성과 표현 감각을 키우는 데 큰 도움이 된다.

종이와 연필만 있으면 누구든지 여행지에서 느끼는
나만의 감성을 남길 수 있다.

수채 색연필을 쓰면 색연필의 섬세한 색채 표현과
흘리기, 번지기 등 다양한 수채화 느낌을
복합적으로 표현할 수 있다.

초보자도 아티스트가 될 수 있는 속성 팁

· 그림을 처음 그리는 초보자라면 4B연필을
사용하는 것이 좋다.

· 4B연필을 잡을 때 평소 글씨 쓸 때와 같이 꼭 쥐어
잡는 것이 아니라 연필 중간 즈음을 잡아 비스듬하게
뉘어 사용한다.

· 선 그리기 연습을 해 보자. 손힘의 강약을 조절해
강한 선과 약한 선을 자유롭게 그리면서 리듬감을
표현해 본다. 이때 직선, 곡선, 원을 고루 그려 본다.

· 선 그리기에 익숙해지면 고정된 사물에서부터
풍경으로 점차 대상을 넓혀 나간다. 이 과정을 거치면
그림 그리기에 재미를 붙이게 되고 자신감도 키울 수
있다.

· 4B연필이 손에 익으면 목탄, 콩테, 파스텔, 수채
물감 등 건식과 습식 재료로도 표현해 보며 각
재료들의 특성과 표현의 느낌을 경험해 본다.

· 마음에 드는 풍경을 그려 보자. 색연필이나 수채
물감으로 색채 표현을 해 보아도 좋다.

· 풍경 그리기에 익숙해지면 화면의 구도와 구성을
다양하게 시도해 보자. 그림과 시가 함께 어우러진
시화를 그려 보아도 좋다.

짧은 시를 담은 그림(학생 작품)

근경의 한옥과 원경의 산을 담은 풍경(학생 작품)

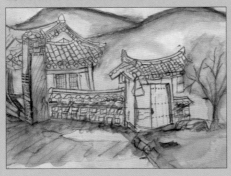

3. 음악

_하즈(Youth! 엔터테인먼트 음악팀장, 밴드 HapJeong bike park 기타 · 보컬)

여행의 추억을 재생시키는 음악

누구나 그런 경험이 있을 것이다. 모든 것을 다 제쳐놓고 훌쩍 어딘가로 떠나 버리고 싶을 때 말이다. 새벽에 집을 나서서 고속버스에 몸을 싣는다. 고속버스의 딱딱한 의자에 몸을 파묻고는 평소에 좋아하던 가수의 앨범을 찾아 이어폰을 귀에 꽂은 채 가로등에 흩날리는 바깥 풍경을 멍하니 바라본다. 음악과 풍경이 어울려서 꽤 센티멘털해진다. 시간이 흐른 뒤에 그 앨범의 음악이 거리에서 흘러나오면 자기도 모르게 자신의 기분에 한껏 몰입되었던 그날의 충동적인 여행이 생생하게 떠오를 것이다.

지난 여행을 떠올려 보면 음악은 빼놓을 수 없는 가장 중요한 준비물이었다. 수학여행에서 친구들과 함께 불렀던 유행가, 부모님과 함께 갔던 여행길에 차 안에서 들었던 아버지의 트로트 애청곡, 친구들과 시험을 마치고 홍대 앞에 진출했을 때 우연히 관람한 인디밴드의 엄청난 공연, 방학에 사촌들이 사는 바닷가 소도시에 갔을 때 바다에서 블루투스 스피커를 켜고 들었던 록 밴드의 노래. 참 많은 추억들이 음악과 함께 겹겹이 쌓여 있어서 그 음악들을 다시 듣는 순간, 그때의 기분이나 감정이 한 겹 한 겹 일어나면서 새롭게 재생된다. 마치 여행 사진들을 보면서 추억에 젖는 것처럼.

여행에서 음악을 어떻게 즐길까?

1. 함께 듣는다

스마트폰과 블루투스 스피커, 그리고 자신이 좋아하는 음악의 플레이리스트를 준비해 보자. 함께 여행을 떠난 친구들과 자신이 좋아하는 음악에 대해서 얘기를 나누고 함께 듣다 보면 일상에서 알 수 없었던 친구들의 속내를 엿볼 수 있어 더욱 친근해진다. 여행지에서 처음 만나는 사람들과는 자연스럽게 친해지는 계기가 되기도 한다.

2. 연주한다

가볍게 들고 다닐 수 있는 악기를 준비해 보자. 여행에서 음악을 듣는 것도 좋지만, 악기를 연주하는 것도 재미있다. 특히 친구들과 함께한다면 더더욱 말이다. 내가 좋아하는 소품 악기는 '우쿨렐레'라는 4줄짜리 미니 기타이다. 우쿨렐레는 반주 악기인 데다가 부피가 작아 들고 다니면서 언제 어디서나 연주하며 노래를 부를 수 있어 좋다. 거기에 리코더와 셰이커가 있다면 여럿이 같이 놀기에 이보다 더 좋을 순 없다. 물론 다른 악기를 잘 다룬다면 그걸 가져가도 좋다.

악기를 잘 다루지 못해도 우쿨렐레, 리코더, 셰이커 같은 악기는 조금만 연습하면 쉽게 연주할 수 있다. 먼저 쉬운 곡을 연주해 보고, 익숙해지면 자신이 좋아하는 노래의 연주를 따라 해 보자. 더 익숙해지면 간단한 자작곡도 만들어 볼 수 있다. 어쩌면 나를 알아보는 사람이 하나도 없는 낯선 곳에서 오히려 용감한 버스킹까지 시도해 볼 수 있을지도 모른다.

3. 가서 듣는다

여행지에서 그곳의 유명한 음악을 들으러 가 본다. 대도시로 여행을 갔다면, 그 도시에서 버스킹이 가장 활발한 곳을 찾아가 본다. 소문난 라이브 공연장을 찾아가 보는 것도 좋다. 별로 좋아하지 않는 음악이 나올 수도 있지만, 뜻밖에도 문화적 충격을 받을 만큼 엄청난 음악을 만날지도 모른다!

나는 그런 경험을 여러 나라에서 받은 적이 있다. 숨어 있는 고수는 어디에나 있는 법!

그리고 도시가 아닌 외진 곳으로 여행을 떠났다면 그곳의 전통 음악을 들으러 가는 것도 좋다. 예를 들어 그 지역의 전통 축제 일정에 맞춰서 여행을 가 보는 것은 어떨까? 새로운 문화를 경험하고 전통 음악을 들을 수 있는 좋은 기회가 될 것이다.

무엇보다 가장 중요한 것은, 이동하다가 끌리는 음악이 들리면 일단 그곳으로 가 보는 것이다. 그곳이 어떤 거리든 작은 카페든 음식점이든 상관없이